U0896827

会 讲 故 事 的 童 书

Books Bear
布克熊童书

诗词里的中国故事 2
万物有灵篇

瞳木 著

文化发展出版社
Cultural Development Press

·北 京·

图书在版编目（CIP）数据

诗词里的中国故事. 2，万物有灵篇 / 瞳木著
. —北京 ：文化发展出版社，2023.12
ISBN 978-7-5142-3949-2

Ⅰ. ①诗… Ⅱ. ①瞳… Ⅲ. ①古典诗歌－诗歌欣赏－中国 Ⅳ. ①I207.22

中国国家版本馆CIP数据核字(2023)第211159号

诗词里的中国故事. 2 万物有灵篇

著　　者：瞳　木

出 版 人：宋　娜　　　责任印制：杨　骏
责任编辑：孙豆豆　　　责任校对：岳智勇
特约编辑：胡　峰　何江铭　　　封面设计：李果果
出版发行：文化发展出版社（北京市翠微路2号 邮编：100036）
网　　址：www.wenhuafazhan.com
经　　销：全国新华书店
印　　刷：河北朗祥印刷有限公司

开　　本：880mm × 1230mm　1/16
字　　数：100千字
印　　张：10
版　　次：2023年12月第1版
印　　次：2023年12月第1次印刷

定　　价：198.00元（全4册）
I S B N：978-7-5142-3949-2

◆ 如有印装质量问题，请电话联系：010-68567015

目录

辑一

谁怜一片影，相失万重云

辑 二

不知细叶谁裁出，
二月春风似剪刀

辑 三

宁可枝头抱香死，
何曾吹落北风中

辑 四

好雨知时节，当春乃发生

谁怜一片影，相失万重云

咏怀八十二首·其七十九

魏晋·阮籍

林中有奇鸟，自言是凤凰。
清朝饮醴泉[①]，日夕栖山冈。
高鸣彻九州，延颈望八荒。
适逢商风[②]起，羽翼自摧藏[③]。
一去昆仑西，何时复回翔。
但恨处非位，怆悢使心伤。

注音注释

① 醴（lǐ）泉：甘美的泉水。

② 商风：指西风，秋风。

③ 摧藏（cáng）：收藏，隐藏。

原文翻译

树林里有一只奇鸟，自称是凤凰。它早晨喝甘美的泉水，日落时栖息在山冈上。凤凰高声鸣叫，声音响彻大地；伸长头颈，可眺望远方。恰好秋风吹起，羽翼自然收藏起来。凤凰离去，飞往昆仑之西，什么时候才能再飞回来呢？只遗憾它处在不恰当的位置，这令我悲伤不已。

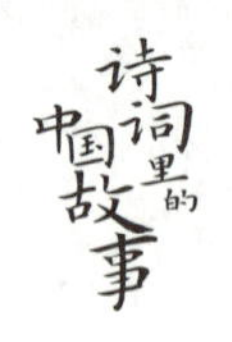

失落的凤凰

夜渐渐深了，整个世界都陷入一片沉寂当中，连花花草草都进入了梦乡。而阮籍却在床上翻来覆去，怎么都睡不着觉。

阮籍的家境并不富裕，父亲早早就去世了，母亲含辛茹苦地把他抚养长大。而他也没有辜负母亲的期望，勤学苦读，再加上天赋异禀，能文能武，在政治上也有济世之志。

睡不着的他，恍惚中发现自己身处一片树林之中，一只奇异的鸟扇动着翅膀飞了过来，它全身羽毛五彩斑斓，闪烁着非同寻常的光芒。它飞落到树枝上，把自己的羽翼收起来，低垂着头望着阮籍。

阮籍奇怪地问道："你是谁？"

鸟儿回答："我是凤凰。"

阮籍又问："你的羽毛这么漂亮，又是这样自由自在、无拘无束，为何现在要把羽翼收藏起来？"

凤凰叹了口气说："秋风吹起来了，现在环境险恶，我只能这样做，不然容易被人盯上，会大难临头的！"

阮籍的内心被触动了。突然一道白光闪过，他又回到了自己的房间，原来，刚才的经历只是一个梦。他想到当今的时局，不免觉得梦中的凤凰就是自己。

公元 239 年，魏明帝驾崩，八岁的太子曹芳即位。皇帝年幼无知，实际掌管大权的是曹爽和司马懿。曹魏政权与司马氏集团开始了尖锐的斗争，朝局十分险恶。当时任太尉之职的蒋济听说阮籍很有才华、胸怀大志，便想让阮籍到自己的手下做事。阮籍虽然不愿意，但在亲朋好友的劝说下还是勉强就任，不过没过多久就告病辞归了。

后来，司马氏集团和曹魏政权之间的斗争愈演愈烈，许多士人都被杀害。阮籍虽然有济世之心，但在这极端黑暗恐怖的环境中，处在不恰当的位置上，也只能谨慎小心、躲避灾祸，每天惶惶不可终日。

这个世道什么时候才会变好呢？阮籍深深地叹了一口气，他想：这凤凰飞到昆仑山西边，什么时候才能飞回来重现奇异的光彩呢？自己的志向究竟能不能实现呢？然而，此时此刻，他也只能为自己的处境感到苦闷与无奈。

作者

阮籍（210—263），字嗣宗，“竹林七贤”之一，曾担任步兵校尉一职，被称为“阮步兵”。阮籍崇尚老子、庄子的思想，政治上小心谨慎。他很有才华，著有《咏怀》八十余首、《大人先生传》等。

凤凰

凤凰，传说是百鸟之王，我国文化中的重要元素之一。凤为雄，凰为雌，都是祥瑞的化身。自古以来，人们常用凤凰齐飞表达吉祥的意蕴。

写作小技巧

阮籍用飞鸟凤凰自比，委婉含蓄、生动形象。各种不同的飞鸟意象，能够折射写作者不同的心理。如用凤凰、白鹤寓高洁之志，用天鹅、鹏鸟寄逍遥之梦，用雄鹰展现远大抱负，用孤鸟、寒鸟写愁苦寂寞之情，用大雁寄托相思之情……

群鹤咏

南朝齐 · 萧道成

八风儛[①]遥翮[②]，九野弄清音。

一摧云间志，为君苑中禽[③]。

注音注释

① 儛：通“舞”，此处指飞舞。

② 翮（hé）：指鸟的翅膀。

③ 禽：玩物。

原文翻译

鹤迎着八面来风，张开翅膀飞舞着，在九天之上高声鸣叫。如今羽翼被摧残，它不能再自由飞翔，只能成为宫苑中供人玩赏之物。

被折断翅膀的鹤

萧道成是西汉丞相萧何的二十四世孙，他的父亲萧承之是刘宋时期著名的武将，据说他仪表英俊，声如洪钟，从小便有不凡之相。

萧道成军事才能卓著，他多次奉命讨伐，平定四方的叛乱，在战场上英勇无畏，立下了赫赫战功。宋明帝派萧道成镇守淮阴，可是怀疑他有叛乱之心，便把他调到京城做官，想要监视他的一举一动。

在京城的日子过得一定不会快乐！萧道成想起自己远离朝廷羁绊之时，在战场上东征西讨、意气风发，浮舟沧海、立马昆仑，那是多么自由自在、豪情满怀！就像是那天空中的鹤，迎着八方来风展翅翱翔，一边穿越层层云朵振翅高飞，一边发出穿透云霄的鸣叫，可以将心胸中的一切都尽情抒发出来，丝毫不用有什么顾虑。

可如今呢？被召回京城，处处受人监视和控制，自己的雄心抱负没有办法尽情施展出来，就像那被折断翅膀的鹤一样，再也不能在高空中无拘无束地飞翔，只能面对残酷的现实，成为帝王园林中的玩赏之物。日复一日、年复一年地过着平平庸庸的生活，这实在是太可怕了！想到这里，萧道成不停地摇头叹息。

若能挣脱朝廷的束缚，不受任何人的控制，在天空中随意翱翔，呼吸自由的空气，那该有多好啊！萧道成心中暗自想：希望自己不会成为那只折断翅膀的鹤，因为辽阔的天空才是自己的归宿！

作者

萧道成（427—482），字绍伯，小名斗将，为人稳重，精通经史。他本是南朝宋将军，后受禅为帝，在建康（今江苏省南京市）定都，改国号为“齐”。

古代的鹤

白鹤，生活在山泉野林中，以独居为常态，因此古人常用白鹤比喻有清高德行和有贤能的人。又因“鹤冲天”有金榜题名之意，人们常用此来祝愿对方一飞冲天。

写作小技巧

前两句写鹤自由自在飞翔的情形，后两句写鹤悲惨的境遇，通过前后形象的对比，表现出诗人因一时受限制而苦闷不平的心境。在写作中，前面写飞得有多高，后面写掉落下来时结局就有多惨，可使对比更加鲜明。

蜂

唐 · 罗隐

不论平地与山尖①，无限风光②尽被占③。

采得百花成蜜后，为谁辛苦为谁甜？

注音注释

① 山尖：山峰。

② 无限风光：鲜花盛开的美好景色。

③ 占：指蜂遍布山间田野，分布广泛。

原文翻译

无论是平地，还是山峰，在百花盛开的美景中，蜜蜂遍布其间。蜜蜂辛勤采花酿成花蜜，到底为谁辛苦，为谁酿造甜蜜？

为谁辛苦为谁甜？

春天来临，万物复苏，到处一片生机勃勃的景象，罗隐却拖着沉重的脚步漫无目的地走着。他到京师参加科举考试，屡战屡败，已经

失败过七次，难免有些心灰意冷。他便到野外散心，排遣自己内心的苦闷。

大地上百花盛开，一派姹紫嫣红的景象。蜜蜂纷纷飞出来，它们有的寻找蜜源，不时地跳着“8”字舞，通知伙伴们前来采蜜；有的停留在花朵上，如同勤劳的工人一般，不停地采着花粉，丝毫不知疲倦。罗隐看到蜜蜂在烂漫山花之间不停地穿梭、劳作，心中十分喜欢这些勤劳的小东西。

乡间小路两边的田地中，农民们在辛勤播种，他们大多皮肤黝黑、粗糙，手已经干裂，指甲里塞满了黑黑的泥巴。很多人在太阳的照射下，眼睛几乎要眯成一条缝，头上挂满汗珠，却不愿意休息一下。

看到此情此景，罗隐内心更加触动：农民们春天忙着耕种，夏天忙

着除草杀虫，秋天忙着收获，再播种其他农作物，一年四季忙忙碌碌，只为生产粮食、果蔬。就像这小蜜蜂采蜜一样，一刻也停不下来，多么辛苦啊！

可是，在黑暗腐朽的社会里，有多少沉迷功名利禄之人，他们习惯于剥削底层人民，将不劳而获当成常态。就像这默默无闻的小蜜蜂，辛辛苦苦采花酿蜜，可最后都被人们无情地夺走了，忙碌一生，究竟在为谁辛苦、为谁酿造甜蜜呢？

想到这里，罗隐的心情十分沉重。他一生写了许多诗歌，讽刺揭露唐末社会的黑暗面，表达对百姓的同情，可他不知道自己何时才能实现人生理想，为国家和人民造福，也不知道这些老百姓被剥削的境遇何时才能改变。他只能祈祷着、幻想着、拼搏着，期待美好生活的到来。

作者

罗隐（833—910），字昭谏。从唐宣宗大中十三年（859）进京赶考开始，参加十多次进士考试，都没有考中。咸通八年（867）编制了《谗书》。黄巢起义事件爆发之后，他逃到九华山，并隐居于此。光启三年（887）回到家乡，担任钱塘令、司勋郎中、给事中等官职。

蜜蜂采蜜有多辛苦？

蜜蜂以花粉和花蜜为食，一般需要采集上千朵花，才可以得到 1 蜜囊（蜜囊在蜜蜂的肚子里）花蜜。在百花盛开的时节，蜜蜂平均每天采集的次数为 10 次，而一只蜂蜜一生能采集的蜂蜜只有 6 克左右。蜂蜜是花蜜与蜜蜂分泌的转化酶混合后，经充分酿造而成的。

写作小技巧

此诗运用了夹叙夹议的手法，但议论并未明确发出，而是运用反诘语气道出，答案包含在问句中，反复咏叹，使人觉得感慨无穷。结尾用问句，更能引发读者思考。

咏鹅

唐 · 骆宾王

鹅，鹅，鹅，曲项[①]向天歌[②]。
白毛浮绿水，红掌拨清波。

注音注释

① **曲项**：弯曲着脖颈。

② **歌**：鸣叫。

原文翻译

“鹅，鹅，鹅！”一群鹅弯着脖颈，对着蓝天高声鸣叫。白色的羽毛漂浮在碧绿的水面上，红色的脚掌拨动着清清的水波。

神童创作出的《咏鹅》

小时候的骆宾王住在义乌县城北边一个小村子里，村外有一口池塘叫骆家塘。到了春天，气温回暖，池水清澈见底，池塘边桃红柳绿，景色格外迷人。

有一天，骆宾王的家里来了一位客人。这客人见骆宾王虽然年纪小，但眼神中充满着聪明和灵气，便有心考问他几个问题，谁知骆宾王都对答如流，客人被他的才华和敏捷的思维惊呆了，竖起大拇指连连夸赞。

骆宾王带着客人经过池塘，刚好看到一群白鹅在池塘边散步，它们浑身雪白，长而弯曲的脖子高高竖立着，样子十分优雅；头的两侧镶嵌着黑珍珠似的眼睛，神采奕奕；头上还有一块橙色的凸起，像是一顶小小的皇冠。它们成群结队，昂首挺胸地在岸边踱步，宛若威风凛凛的大将军。

刚一靠近池塘，鹅儿们便迫不及待地奔过去跳进水里，一边扯开嗓子引吭高歌，一边用翅膀拍打着水面，波纹一圈圈向外扩散。鹅儿雪白的羽毛漂浮在碧绿的水面上，就像一艘艘小白船行驶在水面上，红色的脚掌像是小船桨一般迅速拨动着清清的水波，画面有趣极了。

客人又想试一试骆宾王的才智，便指了指池塘中的鹅说："你能以'鹅'为主题，短时间内作出一首诗吗？"

骆宾王稍微思考了一会儿，便高声吟诵出了《咏鹅》这首诗。他没有想到，这首诗不仅赢得了客人的夸赞，也被后人代代传诵，成了脍炙人口的经典诗篇。

作者

骆宾王（约638—684），字观光，唐初诗人，与王勃、杨炯、卢照邻合称“初唐四杰”，又与富嘉谟并称“富骆”。

王羲之与鹅的佳话

大书法家王羲之爱鹅，也喜欢养鹅，他认为可以从鹅的行走姿态和游泳姿势中体会书法运笔的奥妙。有一天，王羲之见岸边有一群白鹅体态优美，便询问附近的道士，希望可以出钱买鹅。道士说：“倘若您想要，就请为我书写一部道家的《黄庭经》吧！”王羲之求鹅心切，便欣然答应了。

写作小技巧

诗人用一组对偶句，着重从色彩方面来写鹅戏水的场景。“白”“绿”对照，十分耀眼；“红”“清”映衬，十分鲜明。这也是“当句对”，对仗工整，色彩斑斓，其妙无穷。

孤雁

唐 · 杜甫

孤雁不饮啄[①]，飞鸣声念群。
谁怜一片影，相失万重云？
望尽[②]似犹见，哀多如更闻。
野鸦无意绪[③]，鸣噪[④]自纷纷。

注音注释

① 饮啄：饮水啄食。

② 望尽：望尽天涯。

③ 意绪：指心绪。

④ 鸣噪：形容野鸦啼叫的丑态。

原文翻译

离群的孤雁不吃不喝，一边飞，一边鸣叫，思念着自己的伙伴。谁来同情形单影只的孤雁？雁群已经消失在云海间。

孤雁望断天涯，仿佛看见了伙伴的身影；它悲伤地鸣叫着，好像听到了伙伴的呼唤。野鸦没有心绪，只是聒噪地鸣叫着。

离群孤雁何处归？

苍茫的天空中传来阵阵哀鸣，杜甫抬头望去，只见一只大雁孤单地在天空中盘旋，寻找着它的同伴。自从与伙伴们失散，已经过去好几天了，在这些日子里，它不想喝水，不肯吃东西，只是焦急地掠过一片又一片天空，飞过一处又一处树林，高声呼喊着已经消失在云海之间的伙伴。

天空是那样高远，云层是那样浓密，这只孤雁怎么都看不到远方，找不到失散的伙伴。杜甫心中浮起几分哀伤——自己多么像这只大雁啊！此时正逢局势混乱，杜甫带着家人离开成都，乘船沿长江出川，滞留夔州。他与许多亲朋好友都失散了，无法获得他们的消息，可他无时无刻不渴望骨肉团聚、好友重逢！

孤单的大雁望尽天际，似乎看到雁群就在前方，它悲哀地鸣叫着，仿佛也听到了伙伴们的呼喊声。随后，它展翅高飞，不顾一切地向前冲去。看到此情此景，杜甫想到了自己曾经与亲朋好友坐在一起，推杯换盏，畅谈人生，那样的时光是多么美好！可如今自己年老多病、故交零落、处境艰难，曾经的美好再也回不去了，他心中甚是失落与悲伤。

几只野鸦大声叫喊着，发出聒噪无比的声音，它们并不懂孤雁的寂寞与愁苦，而是快乐地享受着眼下的时光。就像那些不理解自己的人一样，他们怎么能懂在战乱之中颠沛流离之时怀念亲朋好友的殷殷情怀呢？

杜甫（712—770），字子美，自号少陵野老，世称“杜工部”“杜少陵”等，唐代伟大的现实主义诗人，被世人尊为“诗圣”，其诗被称为“诗史”。

雁

大雁是国家二级保护动物，一般生活在水边，属群居性动物。每年过了春分之后，大雁北飞进行繁殖，寒露之后南飞越冬。大雁飞行时会排起整齐的雁阵，一般为“一”字或“人”字形。

写作小技巧

尾联“野鸦无意绪，鸣噪自纷纷”，用野鸦的无忧无虑来反衬孤雁的寂寞、愁苦。反衬是一种表现手法，指利用与主要形象相反、相异的次要形象，从反面衬托主要形象，通过对比，更加鲜明地表现主题。

鹭鸶

唐 · 杜牧

雪衣雪发青玉[①]嘴，群捕鱼儿溪影中。
惊飞远映碧山去，一树梨花落晚风[②]。

注音注释

① 青玉：青色的玉。

② 落晚风：指在晚风中飘落、飞舞。

原文翻译

鹭鸶身穿白衣，头发雪白，嘴巴像青玉一般美丽。它们成群捕鱼，身影倒映在溪水中。因受惊而飞起，沿着青山向远处离去，宛如一树梨花在风中飘落。

一树梨花落晚风

一天，风和日丽，杜牧悠闲地走在乡间小路上。不远处有一条小河，远远看去就像一条碧绿的绸带，清澈明亮的河水拍打着岸边的滩涂，水草丰美肥嫩，茂盛地向上伸展着腰肢。

如此美妙的风景，自然会引来大自然的精灵。长着一身雪白羽毛的鹭鸶伸着长长的脖子，成群结队地翩翩飞了过来。它们有时在高空盘旋，有时又扑扇着翅膀落在地上，在河边的浅滩里昂首挺胸、悠然自得地走着。走累了，它们就会提起一只脚，用另一只脚站立在水田当中，欣赏着倒映在清澈水中的雪白身影。当发现有鱼虾时，便用长长的鸟喙捕捉。

作者在不远处痴痴地看着这有趣的画面，不料脚下一滑，打了个趔趄，惊动了悠闲自在的鹭鸶。这些鸟儿十分机灵，纷纷展翅高飞，天空瞬间变成了鹭鸶的海洋。远处的山峰苍翠，雪白的鹭鸶在空中飞舞，就像是朵朵盛开的梨花。那雪白的身影是那么美丽、可爱，是田园乡村不可缺少的色彩。

远处是蔚蓝的天空和金色的晚霞，杜牧站在空旷的田野中，欣赏着小溪上空鹭鸶翻飞的优雅舞姿，心中暗想：这鹭鸶好像让整个世界都有了生命一样，它们也许就是上天派来下凡的天使吧！

杜牧（803—853），字牧之，号樊川居士。为了与杜甫区分，人称“小杜”。他与李商隐并称“小李杜”。因在长安南樊川别墅里度过晚年，因此也被后人称为“杜樊川”，代表作有《樊川文集》。

鹭鸶

在此诗中指羽毛为白色的白鹭。它们一般在稻田、泥滩等地觅食，也会在沿海的浅水处追捕猎物。鹭鸶有一对“大长腿”，因“高脚”与“高洁”谐音，古人常用鹭鸶比喻品质高洁的人。

写作小技巧

比喻和拟人是状物作文中常用的修辞手法，“雪衣雪发青玉嘴”是拟人，“一树梨花落晚风”是比喻，生动形象地刻画出了鹭鸶美丽的外貌和形态。

咏燕

唐 · 张九龄

海燕①虽微眇，乘春亦暂来。
岂知泥滓②贱，只见玉堂③开。
绣户④时双入，华轩日几回。
无心与物竞，鹰隼⑤莫相猜。

注音注释

① 海燕：古代指燕子。

② 泥滓（ní zǐ）：泥土渣滓，指卑微的地位。

③ 玉堂：玉饰的殿堂，指高贵的地位。

④ 绣户：华丽的居室。

⑤ 鹰隼（sǔn）：凶猛的鸟。这里暗指朝中奸佞。

原文翻译

渺小的燕子趁着春天暂时来到北方。它不知泥渣之贱，只见殿堂开着，便时常出入华丽的房屋衔泥作巢。燕子无心与其他动物争名逐利，鹰隼不必猜忌它。

咏燕即咏己

冰雪消融，大地回暖，春天的脚步渐渐近了。燕子从南方飞回北方，在天空中高高欣赏着这春意盎然的世界。

燕子浑身上下黑得连一根杂毛也没有，尾巴像一把小剪刀，十分灵巧可爱。张九龄看着那小巧玲珑的身影，心中喜爱之情油然而生，可他看着在春日暂时旅居北方的燕子，不由得想到了自己的处境。

张九龄是唐玄宗开元年间的宰相，他颇有才华，唐玄宗曾对他极为看重，遇到有人举荐人才时，往往会问："风度得如九龄否？"可见他在唐玄宗心中的地位。

张九龄性格耿直、敢于劝谏，尽心尽力为皇帝出谋划策。可是随着唐朝国力强盛，唐玄宗不再像之前那样重视国事。而这时候，奸臣李林甫的诽谤导致唐玄宗渐渐疏远了张九龄。

燕子开始忙碌起来。它们飞来飞去，在河边、小溪边叼着泥巴，再飞回屋檐下筑巢。张九龄心想：自己在朝廷为官，鞠躬尽瘁、日夜辛劳，从未叫过苦、叫过累。他每天与李林甫共事，从来没有把李林甫当成敌人，而是以国家利益为先，尽心尽力为国事操劳。

看着眼前专心衔泥筑巢的燕子，张九龄多想对李林甫说一声："现在你已经掌握朝廷大权，我就像这燕子一样，无心与你争权夺利，你不必猜忌，更不必中伤我。也许有一天我会退隐山林，远离你们的纷争！"

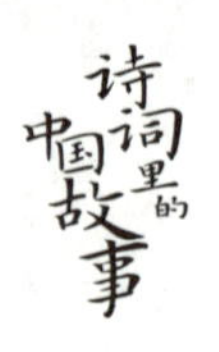

作者

张九龄（673 或 678—740），唐开元年间的中书令、诗人。他工作尽职尽责，敢直言进谏，不向恶势力低头，是“开元之治”的重要人物之一。

燕子

燕子是捕食蚊、蝇等昆虫的益鸟，平均一个季度可以吃掉二十多万只害虫。燕子也是候鸟，其栖息地会随着季节的变化而变化。它们喜欢成双成对，在古诗文中，诗人经常将燕子作为惜春伤秋、渲染离愁情感的载体。

写作小技巧

本诗名为咏物，实乃抒怀，既写燕，又是张九龄的自我写照。虽没有细致刻画燕的形象，但又句句不离燕子，可谓是运用托物言志手法的最高境界。

蝉

唐 · 虞世南

垂緌[①]饮清露[②]，流响出疏桐。

居高声自远，非是藉[③]秋风。

注音注释

① 緌（ruí）：本是古人结在颔下的帽缨下垂部分，这里指蝉的针喙。

② 清露：纯净的露水。

③ 藉：凭借的意思。

原文翻译

蝉用针喙吸吮着露水，在稀疏的梧桐树枝间发出叫声。处在高处，它发出的声音自然能传得远，并非凭借秋风的传送。

虞世南咏蝉

唐太宗李世民登基后，虞世南任弘文馆学士，他从不傲慢，踏实勤奋，使得李世民对其称赞有加。一天，李世民起了雅兴，邀请弘文馆学士们聚在一起谈诗论画。

李世民环视一周，问大家说：“最近，你们有没有创作出新的诗歌作品啊？”

大家你看看我，我看看你，谁都不敢当这个“汇报第一人”。这时，虞世南站了出来，说：“我创作了一首《蝉》，请各位指教。”随后，他朗声诵道：“垂緌饮清露，流响出疏桐……”

大家听罢，眼前都浮现出一幅鲜活的场景：蝉的头部伸出触须，形状好像下垂的冠缨，它时而饮着清澈的露水，时而在高耸挺拔的梧桐树间长鸣，响亮的声音随风飘到远方，是那样响亮且具有力度。

虞世南继续吟道：“居高声自远，非是藉秋风。”全场鸦雀无声，大家都在细细品味这两句诗，好像通过诗中的蝉看到了虞世南这个人。虞世南生性沉静寡欲、意志坚定、勤奋努力，但性情刚烈，直言敢谏。唐太宗曾对侍臣说：“群臣都像世南这样，天下还愁有什么不能治理呢？”

唐太宗仔细咀嚼着这首诗，突然拊掌大笑：“爱卿这是借咏蝉抒发自己的志向啊！”

蝉靠什么发声？

会鸣的蝉是雄蝉，它的发音器就在腹基部，像一面大鼓，鼓膜受到振动而发出声音。发音器的旁边还有一个空腔，声音经过空腔会被放大，所以蝉鸣声特别响亮。而雌蝉的发音器构造不完全，不能发声。雄蝉每天唱个不停，是为了引诱雌蝉来交配的。

写作小技巧

作者没有用虎、鹰这些雄伟的意象，而是选择了样貌平凡但声音响亮的蝉，句句写蝉的形体、习性和声音，又句句暗示着诗人高洁清远的品行志趣。人与物巧妙融合，字里行间都流露出作者的意趣，委婉含蓄、意味深长。

画鹰

唐·杜甫

素练[①]风霜[②]起，苍鹰画作殊。
拟[③]身思狡兔，侧目似愁胡[④]。
绦[⑤]镟[⑥]光堪擿[⑦]，轩楹[⑧]势可呼。
何当击凡鸟，毛血洒平芜[⑨]。

注音注释

① 素练：用于画画的白绢。

② 风霜：这里指画中的鹰气势凶猛腾腾，如风霜般肃杀。

③ 㧐（sǒng）身：形容鹰收敛躯体，做好攻击准备的样子。

④ 似愁胡：形容鹰眼深碧锐利。

⑤ 绦：丝绳。

⑥ 镟：指系在鹰绳另一端的金属环。

⑦ 堪擿（zhāi）：能解除。

⑧ 轩楹：指挂画鹰的堂前廊柱。

⑨ 平芜：草原。

原文翻译

洁白的画绢之上，秋冬肃杀的风霜气骤起，原来是画着一只凶猛异常的苍鹰。鹰收敛躯体，想要捕杀狡兔；侧目而视，目光锐利无比。仿佛解开丝绳铁环，画鹰就能飞走，呼唤一声，它就会飞回来。等它搏击凡鸟的时候，必将血洒草原。

诗词故事

雄鹰从画中飞出来了！

哪里扑来一片风霜肃杀之气？杜甫打了个冷战，定睛一瞧，原来是那洁白的画布上画着一只栩栩如生的苍鹰。

这苍鹰如此雄壮，威武的身躯上长着一对强壮的翅膀，锋利的脚爪紧紧抓住铁环，眼睛碧绿透亮，散发出无比锐利的光；而那弯弯的嘴巴像是一把掏火的钩子，又尖又硬。此时此刻，它正收敛翅膀，机警的眼睛盯着前方，好像马上要冲过去捕捉兔子一样。

这幅画画得太逼真了！杜甫呆呆地看着上面的雄鹰，突然，他仿佛看到雄鹰眼珠子转了一下，而后挣脱了束缚它的画纸，展开宽大的翅膀冲上云霄，在天空中盘旋，俯瞰大地，饱览美丽的风光。只听一声口哨声，雄鹰又拍着翅膀飞回来，重新回到了画上。

杜甫回过神来，原来，刚才只是他的幻觉。此时，悬挂在轩楹上的画鹰，神采飞动、气雄万夫，就像那胸怀雄心壮志的青年人一般昂扬奋发。若是画鹰变成了真鹰，定会一飞冲天，惩奸除恶，将那些狡兔和凡鸟一网打尽。

这是年少的杜甫对画鹰的期盼，也是对自己的期待。做人，自然不能过于平庸，必须做这样的雄鹰，而非成为狡兔或凡鸟！

鹰

广义的鹰指小型至中型的于白昼活动的隼形类鸟，尤指鹰属的各种鸟类。鹰是肉食性动物，体态雄伟，性情凶猛，会捕捉老鼠、蛇、野兔等。大型的鹰科鸟类（雕）甚至可以捕捉山羊、绵羊和小鹿。

狡兔三窟

“窟”是洞穴的意思。狡兔三窟，指狡猾的兔子会准备好几个藏身的洞穴，比喻避祸藏身的地方多或藏身的计划周密。《战国策·齐策四》中说：“狡兔有三窟，仅得免其死耳；今君有一窟，未得高枕而卧也；请为君复凿二窟。”

写作小技巧

这首诗的起笔是倒插法。若是先从画鹰写起，然后描写画面上所产生的肃杀之气，这是正起。而此诗则先写杀气，然后再点明“画鹰”，所以叫作倒插法。这种写作手法更能激发读者的兴趣。

马诗二十三首·其五

唐·李贺

大漠沙如雪，燕山月似钩①。
何当②金络脑③，快走踏清秋。

注音注释

① 钩：古代的一种兵器。

② 何当：何时能够。

③ 金络脑：用金装饰的马笼头。

原文翻译

大漠被沙覆盖，在月光的照耀下，好像皑皑白雪。燕山上明月高悬，如同弯钩一般挂在天上。什么时候才能给它戴上金笼头，在秋高气爽的日子里，在疆场上飞快奔跑呢？

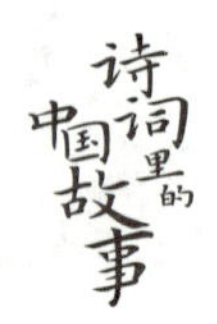

何时快走踏清秋

平沙万里，是那样辽阔无边。这边塞争战之处，虽弥漫着萧瑟肃杀之气，却也是良马和英雄大显身手之地。此时藩镇势力极为跋扈，国家动荡不安，尤其是幽州荆门一带极为混乱。李贺想到这里，不由得长叹一口气。

李贺是唐宗室郑王李亮的后裔，虽然血统十分高贵，但在李贺这一代，家道已败落。他童年时即能作辞章，少年时已因擅长乐府诗而与先辈李益齐名。当李贺意气风发地去参加科举考试的时候，却有嫉妒他的人散播言论，说他父亲名为“李晋肃”，若是李贺考上进士，“晋”与“进”两字同音，便犯了忌讳。

最终，李贺无缘科举考试，在韩愈的引荐下当了个小官，仕途也一直不顺利。他空有一腔报国之志和才华，却不被当权者所赏识，抱负无法得以施展，这是一件多么痛苦的事啊！

李贺骑着马儿在大漠上行走，马儿身姿矫健，发出清朗的脚步声。李贺在心里呐喊着：“皇上啊皇上，你什么时候才能听到我的呼唤，给我这匹骏马佩戴上黄金打造的笼头，让我在秋天的战场上尽情驰骋，为国家和人民立下功劳呢？”

马儿声声嘶鸣，似乎听懂了李贺的心里话，在为他的命运打抱不平。一人一马渐渐消失在大漠深处，唯有冷冷的月光无言地洒在大地上，世界陷入一片沉寂。

百科小贴士

作者

李贺（790—816），字长吉，中唐时期的浪漫主义诗人，被人称作“诗鬼”。李贺与李白、李商隐并称“唐代三李”。元和八年（813），李贺因病辞官，27岁时就去世了。

钩

“钩”是古代战场上两军对战时使用的一种兵器，其末端尖锐，像剑但是弯曲。随着时代的发展，钩渐渐为民间武术爱好者所用。

写作小技巧

“大漠沙如雪，燕山月似钩”用了比喻的修辞手法，把沙漠比作雪，把月亮比作钩，生动形象地刻画了边塞环境。

咏蚕

五代 · 蒋贻恭

辛勤得茧不盈①筐，灯下缫丝②恨更长。
着处③不知来处苦，但贪衣上绣鸳鸯。

注音注释

① 盈：满。

② 缫（sāo）丝：用热水浸泡蚕茧，再抽出蚕丝。

③ 着处：穿衣的时候。

原文翻译

忙忙碌碌，收获的蚕茧连筐都装不满，点灯煮茧抽丝，恨比这蚕丝还要长。穿绸缎衣的富贵人家哪知道养蚕的辛苦，他们只贪恋在衣服上绣的鸳鸯。

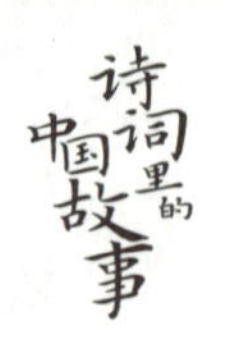

穿绸缎者怎知养蚕苦！

安史之乱后，唐王朝国势衰微，再也不复此前的繁荣昌盛，统治已岌岌可危。可即使在这种情况下，封建统治者不仅不体恤人民，反而加紧了对劳动人民的剥削和压榨。蒋贻恭在后蜀任县令，到了桑蚕吐丝结茧的时节，他来到乡间走访。

只见一只只桑蚕昂头挺胸，慢慢悠悠地晃来晃去，吐啊、吐啊，没完没了，好像肚子里有一团丝线，永远也抽不完、扯不断。经过不辞辛劳地工作，终于织成了形状像花生一样的丝房。蚕茧雪白雪白的，在阳光下闪烁着生命的光泽。

蚕农们把辛辛苦苦获得的蚕茧收到筐里，发现竟然还不足一筐。他们愁容满面，在灯下煮茧抽丝，为织布做准备。他们的手布满老茧，手背早已皲裂，但还是一刻不停地拉扯着蚕茧，长长的蚕丝就像劳动人民的怨恨一般，而织机的响声掩盖了他们的叹息声。

是啊，自己日夜辛劳、抽丝织布，却没有福气穿上蚕丝织成的绸缎，甚至还要为了日常生活而烦忧。而那些贵人每天都穿着华丽的衣裳，过着富足的生活，只贪爱绣在绸缎上的鸳鸯图案，哪里知道蚕农和织妇的辛酸！

蒋贻恭看着辛苦劳碌的蚕农，想着江河日下的国势，不由得有些担忧：这些喜欢不劳而获的寄生虫啊！他们奢侈浪费、悠闲自得的生活还能维持多久呢？

作者

蒋贻恭，五代后蜀诗人，苏州人。唐末入蜀，他坚守不卑不亢的个性，再加上敢说敢想，不趋炎附势，一直遭到排挤，并数次被流放。他的作品一般以诙谐的方式表达讥讽的含义。

蚕

桑蚕，即家蚕，一种以桑叶为食的吐丝昆虫，吐丝成茧，茧可缫丝，丝可用于织绸，经济价值较高。

写作小技巧

本诗多用对比的写作手法，第一句用“辛勤”与“得茧不盈筐”互相对照，突出了蚕事的艰辛；前两句中蚕农的辛苦同后两句中贵族的奢靡构成对比，使诗意更加鲜明。

病牛

宋·李纲

耕犁千亩实千箱，力尽筋疲谁复伤？
但得①众生皆得饱，不辞羸病②卧残阳。

注音注释

① 但得：只要能让。

② 羸病：瘦弱、疲病。

原文翻译

牛辛勤耕耘千亩土地，生产出无数粮食，累得筋疲力尽，又有谁来怜惜它？只要能让众生都吃饱，即使年老病倒，它也无怨无悔。

但得众生皆得饱

酷日下，农民正赶着一头耕牛忙碌着，一圈儿又一圈儿，把田中土壤耙得松散了些。牛喘着粗气，喷着沉重的响鼻儿，低着头往前使劲

地拉着犁。

李纲看到，这只牛灰黑色的皮毛已经失去了光泽，毛茸茸的耳朵此时已经无力地耷拉着，硕大的牛眼里流露出疲惫与无奈。它看起来似乎生病了，累得筋疲力尽、气喘吁吁，却还是迈着沉重的步伐劳作着。

李纲觉得自己同这病牛很像。他官至宰相，为官清正，力主抗金，并亲自率兵收复失地，为国家大事任劳任怨，可谓是操碎了心。但他被投降派排挤，为相七十多天便接二连三地遭遇贬谪。后来，太学生陈东等向朝廷上书请命，要求让李纲官复原职，事情失败，陈东也因此被杀，李纲处境更加艰险。

病牛神圣的身躯承载着世俗的沉重，孤傲的眼中流淌着并未消沉的血泪。它劳苦功高、筋疲力尽，让人们收获了许许多多的粮食，默默奉献着自己的青春，即使无人怜惜，它也没有怨天尤人，而是为了天下众生心甘情愿地牺牲，老了、病了也阻止不了它耕耘的步伐，真是可悲可叹可敬！

李纲想道：自己虽然疲惫不堪，却不忘抗金报国，心心念念想着国家和人民，即使付出生命也在所不辞，不正同这病牛一样吗？

作者

李纲（1083—1140），字伯纪，号梁溪先生，是在南北宋年间抗金战争中有较大贡献的名臣。他能武也能文，写过不少的爱国诗文，创作的咏史之作风格沉雄劲健，颇有建树。

牛在我国古代的地位

中国古代以农业为主，人力和畜力是主要的劳动力。在古人心中，牛任劳任怨、勤勤恳恳、默默奉献，应该得到尊重。很多朝代都对牛有特殊的法律保护，比如禁止无缘无故屠杀生牛等。

写作小技巧

“残阳”是双关语，既指夕阳，又象征病牛的晚年。结尾以牛的口气作答，将牛人格化，揭示牛为百姓甘于自我牺牲的可贵品格。最后两句诗可以引用到作文中，赞颂那些任劳任怨、无私奉献的人。

咏笼莺

清 · 纳兰性德

何处金衣客①，栖栖②翠幕③中。
有心惊晓梦，无计啭春风。
漫逐梁间燕，谁巢井上桐。
空将云路翼，缄恨④在雕笼。

注音注释

① 金衣客：即羽毛为黄色的黄莺。

② 栖栖（xī xī）：忙忙碌碌的样子。

③ 翠幕：绿色纱帐，这里指富贵人家。

④ 缄恨：衔恨。

原文翻译

黄莺从哪里来，为何在这富贵之家忙碌不安？清晨啼叫将主人从梦中惊醒，好像是在抗议没有办法在春风中欢快啼叫。燕子在梁间嬉戏追逐，梧桐树上的鸟儿正在筑巢。而对黄莺来说，在天空中翱翔只是空想，只能在华丽的鸟笼中含恨一生。

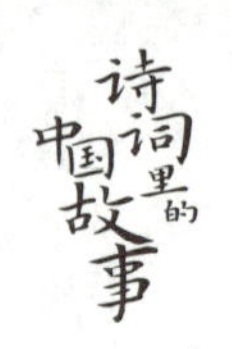

诗词故事

自己何尝不是“笼中鸟”？

清晨，纳兰性德被黄莺的叫声惊醒，他起身走出门，在鸟笼旁边坐下。这鸟笼是用上好的材料打造而成，流光溢彩，装饰十分奢华，笼中摆有上好的食物和水，这黄莺的生活应该足够舒适，可它此时此刻却焦躁不安地扑扇着翅膀，一边冲撞着鸟笼，一边发出阵阵哀鸣。

终于，黄莺扑累了，无精打采地站在笼子的角落里。纳兰性德看着这黄莺，不由得心生怜悯——它从哪里来？它的家乡是否山清水秀，拥有最绿的树木、最绚烂的花朵呢？

他的耳边仿佛响起了父亲的声音：“你有着锦衣玉食的舒适生活，还有什么不满足的？为什么总是不快乐？”

纳兰性德苦笑几声，他出身于书香豪门世家，家族与皇室沾亲带故，从小饱读诗书，文武双全。考中进士后，康熙皇帝很欣赏他的才华，封他做贴身侍卫，可谓前途无量。

别人都羡慕他的生活，可谁知道他内心的哀愁？身在府中，要谨遵父母之命，不能拥有自己的生活，不能去追逐自己想要的东西。就像那只关在笼中的黄莺，就算在荒郊野外飞翔，风吹日晒、劳碌奔波，但能够像燕子自由自在地筑巢，追求自己想要的生活，他也将无怨无悔。

可如今，他只能在诗词中短暂地做一回真实的自己，梦醒之后，还要恭恭敬敬地听从父母教导，遵守家规礼法，只能再做回“笼中鸟”了！

作者

纳兰性德（1655—1685），字容若，号楞伽山人，是清代著名的词人。“纳兰词”在我国词中拥有很高的声誉。

莺

莺，除了羽及尾部有部分黑色之外，基本上都是黄色。它们在立春之后发出如织机声的鸣叫声，尤其是在麦黄葚熟时鸣叫声更加响亮，音色非常圆滑。古人常用莺谷——有黄莺栖息的山谷——形容人处于即将显达的境界；用莺娇来赞美正在歌唱的女子，形容其歌声非常的美妙动听；用莺簧来比喻笛声，赞扬笛声犹如莺声悦耳。

写作小技巧

对比是常用的写作手法，“漫逐梁间燕，谁巢井上桐”将外面自由飞翔的鸟儿与笼中黄莺做对比，更突出了黄莺被囚禁的悲惨处境和渴望飞出鸟笼的心情。

不知细叶谁裁出，二月春风似剪刀

赠从弟[1]·其二

东汉·刘桢

亭亭[2]山上松，瑟瑟谷中风。
风声一何[3]盛，松枝一何劲。
冰霜正惨凄，终岁常端正。
岂不罹[4]凝寒？松柏有本性。

注音注释

① 从弟：堂弟。

② 亭亭：高大挺拔的样子。

③ 一何：多么。

④ 罹（lí）：遭受。

原文翻译

高山上长着松树，在山谷间呼啸的狂风中挺拔直立。风声是多么猛烈萧瑟，松枝又是多么刚劲有力！漫天冰霜，天气寒冷残酷，松树终年保持端正的姿态。难道是松树没有遭到严寒的侵袭吗？是松柏有着不怕严寒侵袭的本性啊！

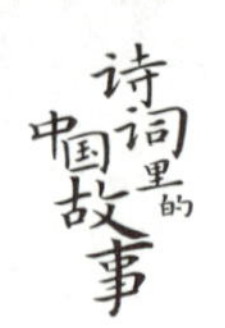

松柏有本性

在巍峨的高山上，一株株挺拔的松树像是一名名威武的士兵站立在那里，深深浅浅的针叶十分密实，铺天盖地的绿意让松树显得更加苍翠，远远看起来，是那样生机蓬勃。

山谷间的狂风毫不留情地呼啸而过，巨大的声响仿佛是从一头怪兽的口中发出，似乎要将天地间的一切都吞到口中。许多树木被吹得瑟瑟发抖，小草吓得弯下了腰，花瓣也纷纷飘零。但松树以顽强的毅力和抵御寒风的傲气，站在原地一动也不动，昂首挺胸，精神十足。

到了秋冬时期，天气转凉，鹅毛大雪纷纷扬扬，树木花草都已枯萎，只有松树忍受着凛冽的寒风，坚强地承受着大雪的重压，从容矗立在天地之间，依旧苍翠的叶子彰显着生命不朽的力量。

刘桢非常喜欢松树，松树四季端正常青，无论遇到怎样恶劣的环境，都不改傲然姿态，这是其他树木所没有的品质。他始终将松树的坚贞不屈和高洁傲岸放在心中，以此自勉。他也挥笔写下一首赞美松树的诗赠给从弟，鼓励他要像青松一样永远挺立铮铮傲骨，永葆不变的本心和坚贞不屈的节操。

百科小贴士

作者

刘桢（?—217），字公干，东汉末年名士、诗人，“建安七子”之一。他博学多识，为人谨慎，悟性好，能言善辩，担任丞相（曹操）掾属一职。他擅长诗歌创作，尤其是五言诗创作有较大的成就，也因此与曹植并举，称为“曹刘”。

古诗词中的松树

孔子说：“岁寒，然后知松柏之后凋也。”松树对陆生环境适应性极强，古人常用松柏象征坚强不屈的品格，并把松、竹、梅誉为“岁寒三友”。松树曾被无数文人墨客所歌咏，有不少值得一读的诗篇。

写作小技巧

最后一句用了设问的修辞手法，以自问自答作结尾，引发读者的思考，赞美了松树的坚贞不屈、高风亮节，表达效果更加强烈。

咏柳

唐 · 贺知章

碧玉[①]妆[②]成一树高，万条垂下绿丝绦[③]。
不知细叶谁裁出，二月春风似剪刀。

注音注释

① 碧玉：比喻嫩绿的柳叶。

② 妆：装扮。

③ 丝绦（tāo）：丝带。此处比喻柔软的柳条。

原文翻译

高高的柳树长满了嫩绿的细叶，柳条像千万条飘动的绿色丝带垂下来。不知道这细细的柳叶是谁裁剪出来的？那二月的春风就像一把剪刀。

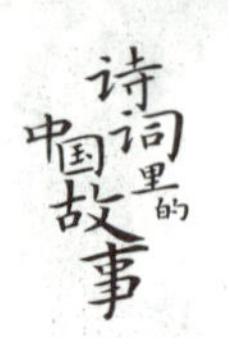

春风裁细叶

春天悄无声息地来了，河边的柳树焕发出了新的生机与活力。柳叶长长的、瘦瘦的，像一片片绿色的飞镖。不停萌发的新叶鲜亮地映入人们的眼帘，似乎每一片树叶上都有一个新的生命在颤动。细柳低垂，袅袅婷婷，从远处看，就像有一位穿着绿衣裳的姑娘正在照着镜子梳妆打扮，又如舞袖飘飘的仙子跳着轻盈柔美的舞蹈。

贺知章漫步在河边，看着柳树那细细的枝条上的叶子，心中不由得浮起几分喜悦之情。当微风吹过，柔嫩纤细的枝条在微风中摇曳，像是千万条碧绿的丝带随风摇摆。他不禁想起南朝萧绎所写的《采莲赋》中的“碧玉小家女”——“碧玉”在文学作品里，几乎成了年轻貌美的女子的泛称，而这柳树，不正像是穿着一身嫩绿衣裳的妙龄少女，充满着无限青春活力吗？

贺知章惊叹于柳树动人的风姿，心中不禁想：这些细细的柳叶儿如此美丽，究竟是谁剪裁出来的呢？也许是这春风姑娘用灵巧的双手剪裁而成的。这“剪刀”裁出了绿叶红花，让大地充满着无限生机，也让贺知章深深沉醉在这大好春光中。

百科小贴士

作者

贺知章（659—约744），字季真，号四明狂客，擅长创作绝句诗，在写景、抒怀等题材方面具有独特的创作风格。其代表作《咏柳》《回乡偶书》是千古名诗，流传至今。

诗词中的数量词

在中国古典诗词和文章中，所使用的数量词并不一定表示确切的数量。比如本诗中的“一”是“满”的意思，“万”则表示“很多”的意思。数量词的运用有助于渲染气氛、表情达意。

写作小技巧

全诗将比喻、拟人、设问等多种修辞手法结合，把柳树比作美女，把柳条比作丝带，把春风比作剪刀，刻画出春天的美好景色和诗人的赞美之情，十分生动形象。

杨柳枝词

唐 · 白居易

一树春风千万枝，嫩于金色软于丝。
永丰①西角荒园里，尽日无人属阿②谁？

注音注释

① 永丰：永丰坊，唐代洛阳坊名。

② 阿（ā）：无实义。

原文翻译

春风吹拂，千万条柳枝随风起舞，嫩芽鹅黄，柳枝比丝缕还要柔软。永丰坊西角的荒园里，整日没有一人，这美好的柳枝又能属于谁呢？

诗词故事

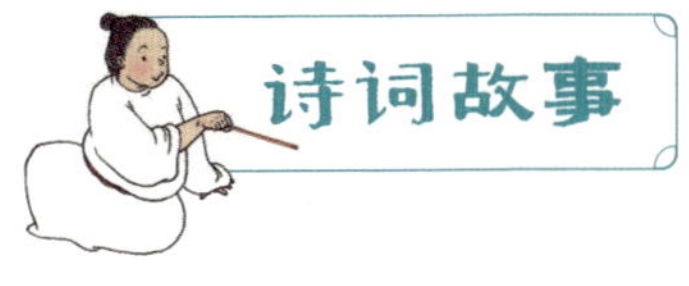

孤单垂柳无人怜

春风拂过大地，掠过一草一木，柳树那细细长长的枝条上泛出一层新绿。那些冒出来的毛茸茸的小芽，均匀地排列着，有的是嫩绿的，

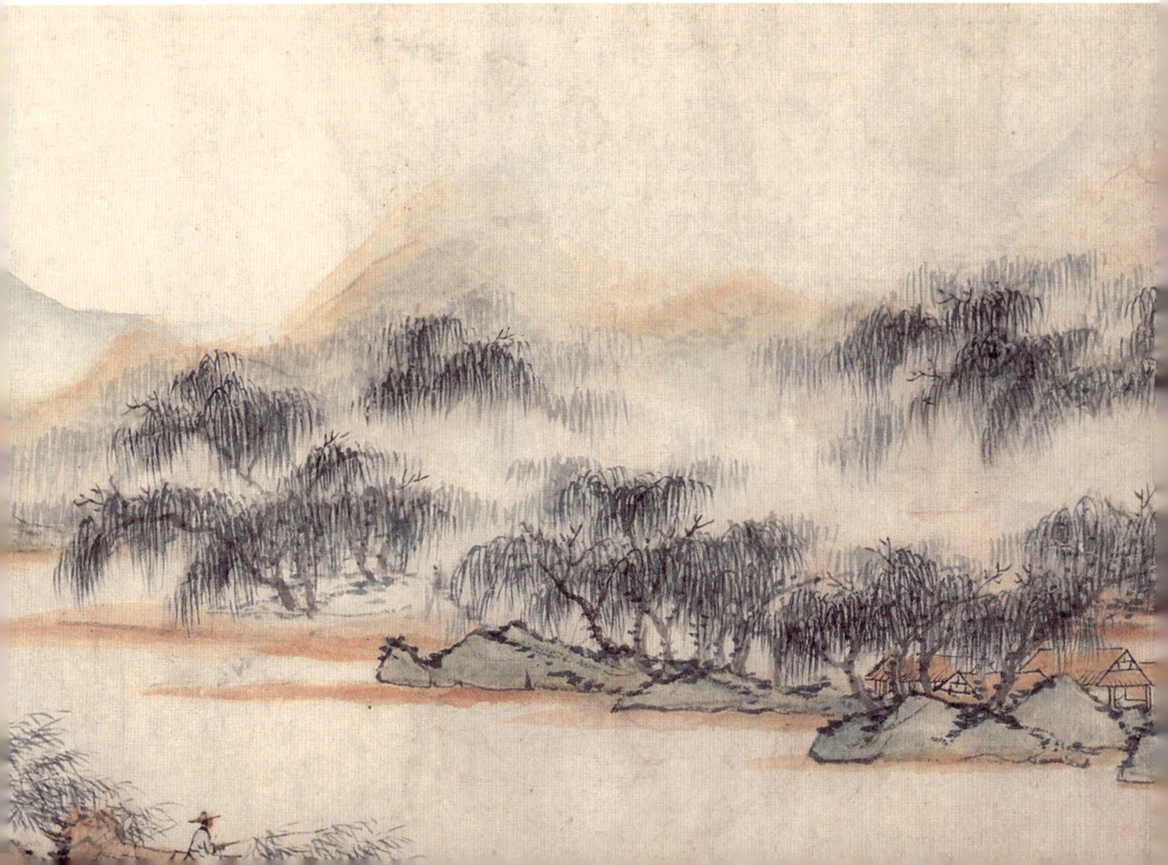

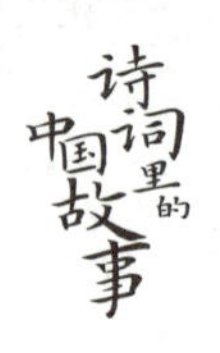

有的是鹅黄的，看起来十分惹人喜爱。

柳枝在风中尽情舒展着身子，婀娜多姿的树干也轻轻随风舞动，还有那满树可爱的叶子，乍一看，就像一位楚楚动人的女子。那柔嫩的枝条比丝线还要软，就像许多纤细的小手，愉快地接受春风的抚摸。白居易路过，不由得驻足观赏起来。

可就是这样轻盈袅娜、生机勃勃的柳树，却生长在永丰坊荒凉的园子里。周边草木无人打理，正向四面八方肆意生长着，地面上满是去年凋零的枯叶，跟新春萌发的新芽相互映衬，让此处显得非常荒凉。

这棵柳树本应生长在游人络绎不绝的地方，接受人们的赞美和感慨，而此时此刻它摇曳的风姿却无人能赏。而那些不如这棵柳树美丽的树木，因为生得其地，反而备受人称赞。

白居易不由得想起，自己为官一生颇为不易。如今政治腐败，争斗激烈，很多有才能的人都遭到排挤，而自己也不堪其扰，为避朋党倾轧，自请外放，长期远离京城。怀才不遇的自己，不正像这棵孤孤单单的柳树吗？

若是自己生逢其时、生得其地，那自己的才华一定能够得到众人的赏识，自己的抱负一定能够得到施展。可如今，恐怕只能自我安慰、独自垂怜了！

作者

白居易（772—846），字乐天，号香山居士，唐代著名的现实主义诗人。他创作诗歌不限题材，善用不同的创作形式和技巧，用词朴素易懂，有“诗魔”和“诗王”之称。白居易的代表诗作有《长恨歌》《卖炭翁》《琵琶行》等。

柳树

柳树为杨柳科灌木或乔木植物，因细长且柔软的枝条而具有较高的观赏价值。“柳”与“留”谐音，因此，古人常折柳送人，表示依依不舍之情，同时也祝愿对方能够一帆风顺。此外，柳树还具有去恶避邪的寓意，是可以驱邪消灾的吉祥物，被人们称为“鬼怖木”。

写作小技巧

作者用“金色”“丝”来写柳枝，句中叠用两个“于”字，形象地写出了柳枝又嫩又软的娇态。

赋得古原草送别

唐 · 白居易

离离[①]原上草，一岁一枯荣。
野火烧不尽，春风吹又生。
远芳侵[②]古道，晴翠[③]接荒城。
又送王孙[④]去，萋萋[⑤]满别情。

注音注释

① 离离：青草繁茂的样子。

② 侵：侵占。

③ 晴翠：这里指草原青翠美丽。

④ 王孙：这里指前往远方的友人。

⑤ 萋萋：草木茂盛的样子。

原文翻译

原野上青草繁茂，每年凋零、生长，循环往复。野火无法烧尽这满原野的野草，春风吹拂大地，青草又生机勃勃。远处的芳草遍布古老的驿道，在阳光照耀下，到处一片明丽翠绿。今天我又来送别老朋友，连这茂密的草也满怀离别之情。

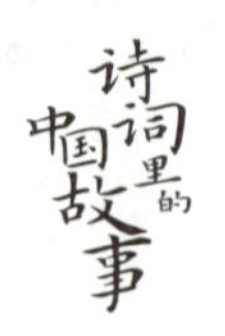

野火烧不尽的原野

在无边无际的原野上，生长着茂盛的青草，如同一幅巨画铺展在天地间。春风拂过，整片原野绿得那么纯粹、渺远。白居易将朋友送到古道上，放眼望去，满眼绿色，无遮无拦，风轻轻地吹过，草浪随风起伏，令人感到分外惬意。

白居易特别喜欢这原野上的草，感觉它们一岁一枯荣的规律是如此有趣！每到春天，嫩芽便从泥土中萌发出来，将整片大地都抹上一层绿意；到了夏天，整个大地都被绿油油的草覆盖着，像铺了一层厚厚的地毯，在蓝天的映衬下，显得格外清新；到了秋天，草儿都被秋风染成了金黄色，中间点缀着五彩斑斓的野花；冬天，草儿表面上枯萎，有时候遇到野火，一瞬间就化为灰烬，仿佛从此将了无生机。可一到春天，它们便又争先恐后地冒出头来。白居易与朋友讨论着野草的神奇之处——这野草生命力这么顽强，人的一生也当如此倔强！

春草蔓延，绿野广阔，到处都是生机盎然的景象，白居易依依不舍地握着朋友的手，这绵绵不尽的萋萋春草多么像无穷无尽的惜别之情啊！白居易向远处望去，草儿随风摇曳，似乎每一片草叶都在挥手作别。他告别了朋友，送上自己的祝愿：“一路顺风！”

赋得

赋得，是古人学习作诗、分题作诗或科举考试时的一种命题作诗方式，命题一般是古人诗句或成语，诗题前加上“赋得”二字。

古诗词中的草

古诗词中的意象一般都有一定的寓意。在文学作品中，小草有不同的形象特点，有的用于表现蓬勃顽强的生命力，有的用来抒发爱春惜春的情感，还有的用于表达乡思离情等。

写作小技巧

“远芳”“晴翠”都写草，而比“原上草”意象更具体、生动。在平时写作中描写青草的时候，形容词和名词要灵活多变。比如，可使用的二字词语有：翠绿、青翠、嫩绿、苍劲、挺拔、娇嫩、葱郁、茂盛等。四字词语有：绿茵遍野、铺青叠翠、草色青青、绿满人间、绿草如毯、绿毡铺地、草木欣荣、百草丰茂、绿草遍地、芳草萋萋等。

不第[①]后赋菊

唐 · 黄巢

待到秋来九月八[②]，我花开后百花杀[③]。
冲天香阵透长安，满城尽带黄金甲[④]。

注音注释

① 不第：在科举考试中落榜。

② 九月八：九月九日是重阳节，古代民间有登高赏菊之风，这里说“九月八”是为了押韵。

③ 杀：草木凋零。

④ 黄金甲：指菊花成片开放，如同金黄色的铠甲一般。

原文翻译

等到秋天九月重阳节来临的时候，菊花盛开以后别的花就凋零了。菊花香气弥漫整个长安，遍地都是金黄如铠甲般的菊花。

诗词故事

满城尽带黄金甲

秋高气爽，叶子一片一片地飘落在地上，带着秋天独有的魅力，渲染得大地一片金黄。马上就到重阳节了，菊花陆续盛开，有的秀丽淡雅，有的鲜艳夺目；红的似火，白的似雪，粉的似霞；大的像团团彩球，小的像盏盏精巧的花灯。在阳光的照耀下，菊花是那样耀眼迷人。

黄巢走在大街上，心事重重。他出身盐商家庭，善于骑射，粗通笔墨，五岁时便可对诗。他喜欢菊花，据说曾写出“堪与百花为总首，自然天赐赭黄衣”的诗句。可成年后，黄巢屡试不第，一腔雄心壮志无法得到实现，难免有些苦闷。

唐朝末年，政局衰微，统治黑暗，老百姓

备受压榨与剥削。黄巢想要改变这种混乱的政局，让天下百姓过上太平日子。此时此刻，黄巢看到菊花盛开的景象，十分高兴——菊花有着顽强的生命力，它盛开后，其他花儿都会凋零枯萎。也许等农民革命风暴一旦来临，腐败的唐王朝立刻就会像“百花”一样变成枯枝败叶。等到处都是金黄如铠甲般的菊花之时，也许就是农民起义胜利之时！

这并非黄巢空想，他一生都在追逐自己的梦想。公元 875 年，王仙芝、尚让拉开了唐末农民起义的序幕。黄巢见时机到了，便召集数千人响应王仙芝。起义大军先后攻下了八个县，还将汝州刺史王镣俘虏，多次将朝廷派去镇压起义的部队打败。

王仙芝战死后，黄巢被众人推举为“黄王”，号“冲天大将军”，成为起义军的领袖。他带领大军在南方杀出了一片天地，得到了百姓的拥护，起义军的数量扩大到数十万人。占领洛阳后，黄巢攻下潼关，直逼长安。吓得唐僖宗向成都逃去。

虽然，黄巢起义最终失败了，但也给残暴腐朽的唐朝统治造成了沉重打击——黄巢起义结束没过多久，唐朝也走向灭亡。

真像黄巢当初诗中写到的那样，傲霜的菊花迎着秋风怒放，金色的菊花在阳光下闪耀着美丽的光彩，就像铺天盖地的金色波浪涌动，不时飘出缕缕袭人的清香，弥漫整个长安……

作者

黄巢（?—884），唐末农民起义军领袖。善骑射，少年时有一定的才能，然而成年后多次参加科举考试，都未成功。后来，他带兵攻打长安，在含元殿登基，改国号为“大齐”。唐中和四年（884）六月十五日，黄巢在狼虎谷（今山东莱芜西南）被杀死。

菊花

菊花是中国十大名花之一，花中“四君子”（梅、兰、竹、菊）之一。菊花具有清寒傲雪的品格，中国人有重阳节赏菊和饮菊花酒的习俗。在古代神话传说中，菊花还被赋予了吉祥、长寿的含义。

写作小技巧

“冲天香阵透长安，满城尽带黄金甲”一句用了比喻的修辞手法，将金色菊花的香气和颜色生动形象地刻画出来，透露出作者的信念与豪情，塑造了抒情主人公那身披甲胄、气冲霄汉的英雄形象。

赏牡丹

唐 · 刘禹锡

庭前芍药妖无格①，池上芙蕖②净少情。
唯有牡丹真国色③，花开时节动京城。

注音注释

① 妖无格：妖娆妩媚，但格调不高。

② 芙蕖：莲花。

③ 国色：原本形容女子容貌倾国倾城，这里形容牡丹富贵美丽。

原文翻译

庭前的芍药虽妖娆妩媚，但格调不高；池中的荷花虽洁净高雅，却缺少情调。只有牡丹才是真正的国色，到了开花的季节，能震动整个京城。

“花中之王”绝色倾城

刚走到牡丹园门口，刘禹锡便远远地看见多道五彩缤纷的云霞出现在眼前，走近才看清是好大一片牡丹花。

牡丹花盛开的时候真美啊！五彩缤纷的颜色十分吸睛，大红色的像是一团团熊熊燃烧的火焰，粉红色的像是美丽娇艳的小姑娘，紫红色的像是优雅的贵人……它们竞相开放、争奇斗艳，随着微风吹拂翩翩起舞，千娇百媚的姿容引得蝴蝶、蜜蜂纷纷飞来观望。

刘禹锡心中十分愉悦。他想起，备受古人喜爱的芍药虽然妖娆美丽，但缺乏格调；而那“出淤泥而不染”的荷花虽然冰清玉洁，可是只能远远观望，显得高傲寡情。

在他心中，唯有这牡丹兼具百花之美，它积蓄了几个季节的热情，层层叠叠的花瓣簇拥在一起，盛开时是那样壮丽，颇有排山倒海、惊天动地的气势。每到牡丹花盛开的季节，京城的人们都会奔走相告，去观赏牡丹那令人倾慕的绝色，文人墨客挥笔写下赞美牡丹的诗篇，画家尽情描绘牡丹动人的姿态……

牡丹，终究是刘禹锡心中的花中之王，那倾城的绝色，令他的心灵无比震撼。他挥笔写下了这首诗，而这首诗，也成为描绘牡丹的传世佳作。

作者

刘禹锡（772—842），字梦得，唐朝文学家、哲学家，有“诗豪”之称。他在政治上主张革新，是王叔文派政治革新活动的中心人物之一。后来“永贞革新”失败被贬为朗州（今湖南省常德市）司马。

牡丹

牡丹为多年生落叶灌木，花朵颜色鲜艳，雍容华贵，乃“花中之王”。其品种众多，颜色不一，其中黄、绿为贵，肉红、深红、银红为上品。牡丹花开，香气四溢，因此又有“国色天香”之称。

芍药

芍药品类较多，且花色不一，有粉、红、绿、黑、白、紫、黄和复色等，有“花仙”和“花相”之美誉，又被称为“五月花神”。

写作小技巧

这首诗本来是“赏牡丹”，可落笔却不先写牡丹，而先对芍药和芙蕖进行评赏，为下文做了有力铺垫。结尾描写了京都人倾城而动的观花习俗，从侧面衬托了牡丹花的诱人魅力，写作手法非常巧妙。

曲池荷

唐 · 卢照邻

浮香①绕曲岸，圆影②覆华池。
常恐秋风早，飘零君不知。

注音注释

① 浮香：荷花弥漫的香气。

② 圆影：指荷叶。

原文翻译

幽幽荷花香弥漫在曲折的堤岸上，池塘上遍布圆圆的荷叶。我常担心萧瑟的秋风来得太早，荷花何时凋落都不知道。

荷花亭亭，心境凄凄

曲曲折折的堤岸弥漫着阵阵沁人心脾的清香，卢照邻拖着孱弱的身

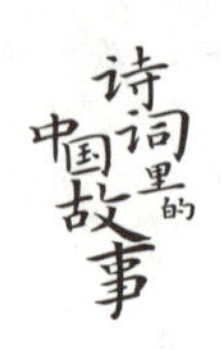

子艰难前行。

卢照邻一生坎坷多舛，曾经他感慨身世浮沉，一首《长安古意》从口中吟出，成为轰动洛阳的名作。当武则天的侄子武三思看到“梁家画阁中天起，汉帝金茎云外直”，不免皱起眉头，派人将卢照邻关进了监狱。

经过多方营救，卢照邻终于出狱，可不幸患上风痹病，发作时头晕眼花、四肢无力，有时还会浑身疼痛。他辞职北返，不知不觉已经好多年，身体和心理都痛苦不堪！

闻着那醉人的香气，卢照邻的思绪回到了现在，他知道是池塘中的荷花开了。那无边无际的荷叶铺在水面上，像是少女翠绿色的罗裙一般优雅动人，而那荷花像是粉嫩的少女，迎着风儿翩翩起舞，荷塘上一片生机勃勃的景象！

可是，美好的事物并不能长久，它们终将随着时间的推移而流逝。屈原曾写过“惟草木之零落兮，恐美人之迟暮”的诗句，而自己何尝不担心草木凋零和美人迟暮呢？

待到秋风四起时，花儿就会逐渐飘零，而自己早年零落，年纪轻轻就躺在病榻之上。看到这盛开的荷花，他越发感觉到自己形容枯槁，心中的痛苦之意层层涌来。

卢照邻知道，也许自己孱弱的身体支撑不了多久，自己的雄心抱负再也无法实现，就像这荷花一样，盛开一夏，终将飘零枯萎，陷落在淤泥之中。

作者

卢照邻（约637—约686），初唐诗人。字昇之，自号幽忧子。卢照邻乃望族出身，在文学上与王勃、杨炯、骆宾王以文辞齐名，世称“王杨卢骆”，亦号为“初唐四杰”。

荷花

在古代，荷花的别称很多，如莲花、芙蕖、水芝、水华、灵草、玉芝、君子花、凌波仙子等。荷花品性高洁，深受人们喜爱，人们常用“金芙蓉”来比喻荷花难得的品性。

写作小技巧

这首诗采取侧面写法，开头以香夺人，写出了荷花的神韵。另外，作者运用了象征的艺术手法，借用某一景物或形象的某些特征来表现另一事物或形象，借荷花的遭遇写诗人的遭遇，托物言志，情感真切自然。

题榴花

唐 · 韩愈

五月榴花照眼[①]明，枝间时见子[②]初成。
可怜[③]此地无车马[④]，颠倒青苔落绛[⑤]英。

注音注释

① 照眼：形容物体耀眼。

② 子：指石榴的果实。

③ 可怜：可惜。

④ 无车马：没有贵人乘车马前来欣赏。

⑤ 绛（jiàng）：大红色。

原文翻译

五月的石榴花鲜明耀眼，枝叶间不时可以看到初结的小果。可惜此地没有达官贵人乘坐车马来欣赏，红艳的石榴花只能散落在苍苔上。

孤单寂寞的石榴花

时值五月，路边的石榴花灼灼开放，在阳光的照射下熠熠生辉，远远看上去，就像是一团热烈燃烧的火焰。红艳艳的石榴花宛如一个幸

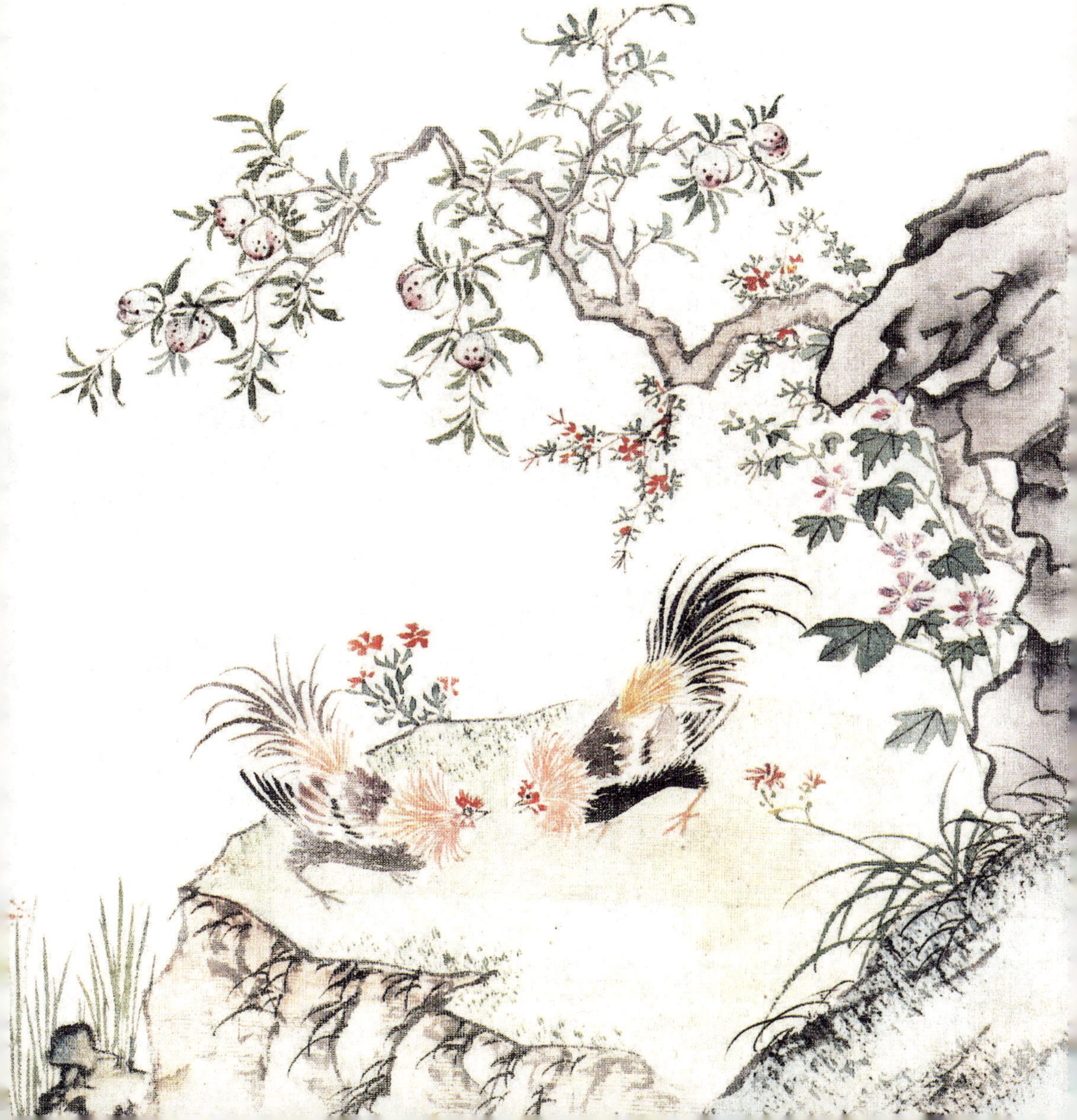

福而娇羞的待嫁新娘，在嫩青的叶子间热情地绽开花蕾。在石榴树的枝叶间，时而能够看到初结的小果，它们随风摇动，别有一番情趣。

此前，韩愈刚获得监察御史职位，就上疏为关中灾民请免租税，结果得罪了权臣，被贬阳山县；好朋友张十一也被贬至临武。元和元年（806），二人遇赦同赴江陵待命，在旅舍再度相见，他们激动地谈着近日的境况。看着火红的石榴花，两个人不由得感慨同病相怜——人生道路遇到坎坷，心情孤独寂寞。

“生长在偏僻地方的石榴，花开得再美，也很少有人来观赏风景。你看，这殷红的石榴花落在青苔上，多么令人惋惜啊！”韩愈对张十一感慨道。他们两个人都满腹才华，可是被贬谪在这里，一腔热血无法释放出来，这是多么令人难过的事啊！

张十一打趣道：“也多亏石榴花开在这偏僻的地方，没有引人注意，无人前来践踏，更没有人攀折花枝，也许自然飘落也是一件好事呢！”

韩愈认为他说的也有道理，不禁哈哈大笑起来。两个人边走边聊，畅谈人生百味、官场浮沉，不知不觉走了很远、很远……

作者

韩愈（768—824），字退之，世称“韩昌黎”“昌黎先生”，唐代杰出的文学家、思想家、哲学家、政治家。韩愈倡导“古文运动”，是“唐宋八大家”之首，与柳宗元、欧阳修、苏轼并称“千古文章四大家”。

石榴

石榴性温，味甘酸涩，能够解渴、固涩、止痢止血，同时还具有较高的营养价值，尤其富含维生素C。石榴花有“成熟、富贵和子孙满堂”的美好寓意。

写作小技巧

作者在描写景物的时候，写到殷红的石榴花落在青苔上，红青相衬，颜色鲜明可爱，画面格外优美，更让人对美好事物产生惋惜之情。因此，在写景作文中，色彩的巧妙运用分外重要，能够给人带来视觉上的美感。

宁可枝头抱香死，何曾吹落北风中

画菊

宋 · 郑思肖

花开不并①百花丛，独立疏篱趣未穷。
宁可枝头抱香死②，何曾吹落北风③中。

注音注释

① 不并：不在一起。

② 抱香死：指菊花凋零后不落地，在枝头上枯萎的样子。

③ 北风：既指寒风，又暗指残暴的势力。

原文翻译

菊花从不与百花在一起，到了秋天，独自在稀疏的篱笆旁绽放，趣味无穷。菊花宁可在枝头凋谢，也不曾被寒风吹落。

坚守气节的菊花

郑思肖喜欢菊花，此时此刻，他正站在一幅画前发呆，画上的菊花千姿百态、五颜六色，红的似火，紫的似霞，白的如晶莹的珍珠，黄的似点点金星，闪着一片辉煌夺目的光彩。

郑思肖的心中乱极了——他身处南宋末期，政治黑暗，国家内忧外患。北方半壁江山已经沦陷，可是南宋皇帝苟且偷安，不愿意收复河山，即使郑思肖为国家操碎了心，他的主张却无法得到朝廷的重用。

曾有许多文人志士奔走呼号，为国家和人民积极抗争，可屡遭排斥，只落得郁郁而终的下场。眼见越来越多的人随波逐流、同流合污，郑思肖却始终坚定自己内心的信念，坚守着不屈的民族气节。

深秋了，菊花在阳光下散发出清香。到了冬天，菊花宁可在枝头抱香而死，也不愿被吹落北风之中，这种气节多么令人敬佩啊！

眼见元军越来越猖狂，南宋统治者依旧偏安一隅，郑思肖十分痛心，但又无可奈何。他改变不了现状，只能坚守自己的爱国心，至死不渝。

作者

郑思肖（1241—1318），宋末诗人、画家，自称菊山后人、景定诗人等。他曾经以太学上舍生的身份参加了博学鸿的词试；在元军南侵时，提出了自己的观点和方略，但没有获得支持。他擅长画墨兰，但他笔下的墨兰是花枯、叶疏且无根土的，暗指宋朝的土地已经被掠夺。

为什么菊花枯萎时可以长时间不飘落?

传粉受精之后，花卉花瓣基部的“离层”结构会逐渐消失，随后，花瓣就会因离层无法支撑而掉落。但是菊花是由许多小花组成，处在边缘的花不会受精发育，自然不存在离层结构消失的问题。因此，菊花的花瓣不会轻易飘落。

写作小技巧

“宁可枝头抱香死，何曾吹落北风中”，采用“宁可……何曾”的句式，进一步刻画出菊花的傲骨凌霜、孤傲绝俗。关联词的恰当运用，能为文章和诗歌增光添彩，也更能突出所要表达的主题。

鹧鸪天[①]·桂花

宋·李清照

暗淡轻黄体性柔，情疏迹远只香留。何须浅碧深红色，自是花中第一流。

梅定妒，菊应羞，画阑开处冠中秋。骚人[②]可煞[③]无情思，何事[④]当年不见收。

注音注释

① 鹧鸪天：词牌名。

② 骚人：指屈原。

③ 可煞：疑问词，“可是”的意思。

④ 何事：为何。

原文翻译

桂花颜色浅黄、枝条柔美，生长在偏僻之处，只留下阵阵清香。何必要红花绿叶争奇斗艳，它本来就是花中的第一流。

梅花定会妒忌它，菊花应感到羞愧。在雕花栏杆旁开放，中秋时在群花中拔得头筹。屈原真是无情啊，在《离骚》里写到诸多草木，为何不写桂花呢？

“花中第一流”的桂花

由于北宋末年党争的牵累，公公赵挺之死后，李清照随丈夫赵明诚一家回到青州的私邸，开始了屏居乡里的生活。

李清照与赵明诚虽然失掉了昔日京师丞相府中的优裕生活，却得到了居于乡里平静安宁的无限乐趣。夫妻二人专注于文学创作，搜求金石古籍，也算是休闲舒适。

正值秋天，一团团、一簇簇的桂花相继绽放，远远看去，就像为桂花树穿上了一件金黄的衣裳。李清照来到桂花树旁欣赏桂花，只见那小巧玲珑的花瓣中间是一粒粒小米似的淡黄色的花蕾，就像是精雕细刻的工艺品一般。

桂花的品相并不艳丽，因此，它在百花丛中并不起眼，更不会受到人们的追捧和恭维。但就是这样一朵小小的、不起眼的花，却散发出一缕缕沁人心脾的香气，弥漫在天地之间，令人心旷神怡。

梅花开在早春，千姿百态、傲霜凌雪，但面对着清香淡雅的桂花，也许也会生出嫉妒之意。菊花开在深秋，在百花之后绽放，是古人心中的君子之花，可在“花中第一流”的桂花面前也会感到羞愧。李清照心想：桂花无须用大红浅绿的色相吸引人们的眼球，只要它有内在美，颜色淡一点儿又有什么关系呢？

李清照不由得想到了屈原在《离骚》中用各种各样的香草名花来比喻君子的高尚情操和修身美德，却偏偏没有提到桂花。也许是屈原情

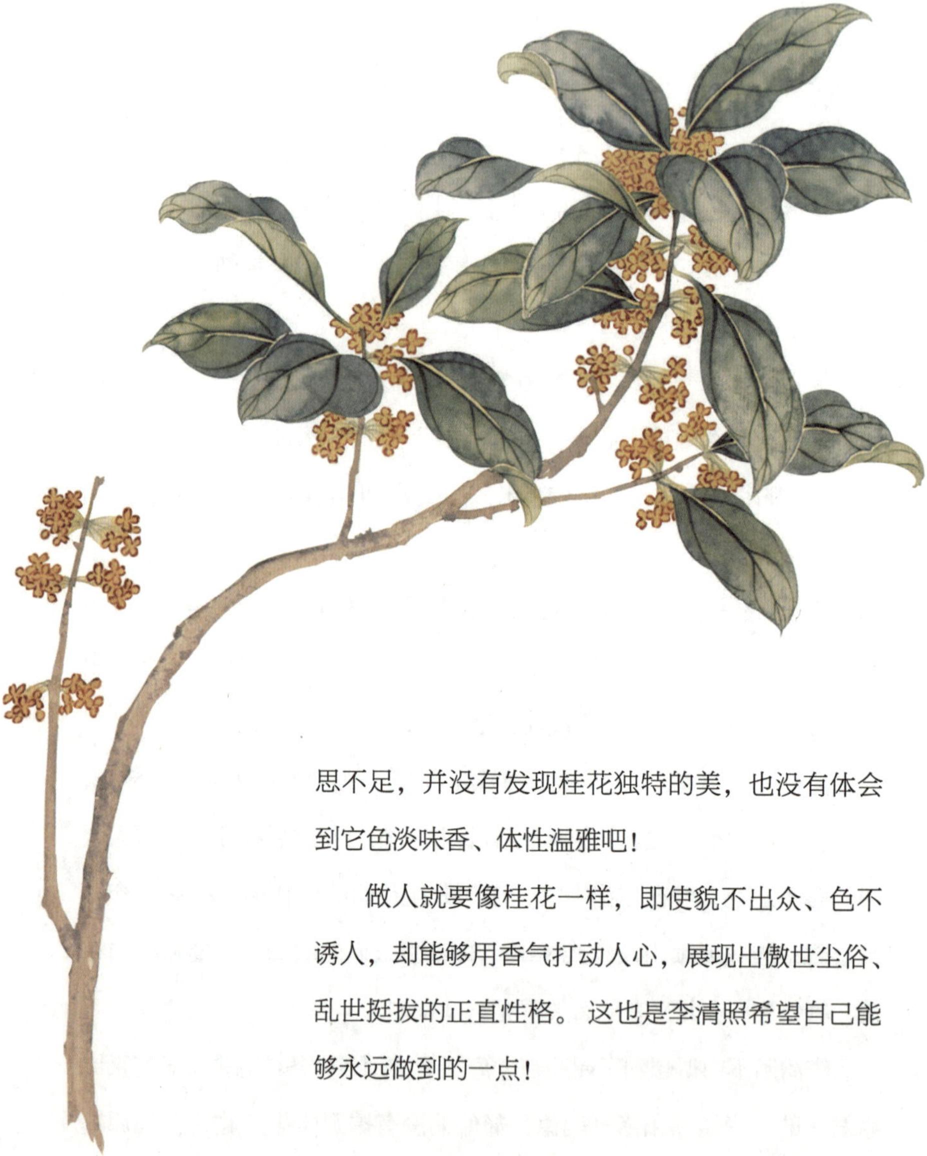

思不足，并没有发现桂花独特的美，也没有体会到它色淡味香、体性温雅吧！

做人就要像桂花一样，即使貌不出众、色不诱人，却能够用香气打动人心，展现出傲世尘俗、乱世挺拔的正直性格。这也是李清照希望自己能够永远做到的一点！

百科小贴士

作者

李清照(1084—约1155)，号易安居士，宋代词人，擅长写婉约词，被人称为“千古第一才女”。李清照年轻时生活悠闲，所作之词风格活泼，后期身世坎坷，其词多悲叹身世。

桂花

桂花作为我国传统十大名花之一，因其沁人心脾的香气深受人们的喜爱。尤其是在仲秋时节，人们闻着清香扑鼻的桂花香，把酒赏桂，可谓是怡然自得。桂花不仅用于观赏，还能食用、制茶，桂花糕香甜可口，桂花茶是我国的特产茶。

写作小技巧

作者运用拟人的修辞手法，想象着梅花和菊花面对桂花时应当会妒忌、惭愧，表达出作者对桂花的喜爱之情。当花儿有了人的情态，其动作、神态、心理就会更加丰富，文章和诗歌也会妙趣横生。

雪梅

宋 · 卢钺

梅雪争春未肯降[①]，骚人[②]阁笔[③]费评章[④]。

梅须逊雪三分白，雪却输梅一段香。

注音注释

① 降（xiáng）：投降，服输。

② 骚人：这儿泛指诗人、文人。

③ 阁笔：放下笔。

④ 评章：评议性的文章。此处指比较梅与雪的高下。

原文翻译

梅花和雪花都认为自己占尽春色，谁也不肯服输。诗人难以评判，只得搁笔思量。梅花应比雪花差了三分洁白，雪花却输给梅花一段清香。

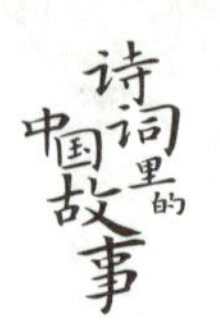

雪与梅的争执

雪花飘飘，像一只只白色的蝴蝶，随着风跳着、舞着，在空中轻盈地旋转，划下一道道美丽的弧线。整个大地银装素裹，变成了冰雪的世界。

在这样一个寒冷的季节，许多树木掉光了叶子，花儿也凋零了，可梅花却在凛冽的寒风中独自开放。瞧那一株白梅，盛开得那样热烈，像一位亭亭玉立的少女一般纯洁高尚。它的花瓣洁白无瑕，像是用白玉雕琢而成，远远看去，仿佛同雪花融为一体，需要仔细观察才能发现其中的奥妙。

这时，卢钺仿佛听到雪花跟梅花在对话。雪花对梅花说："我是最美的，也是最具有早春特色的！瞧，我在天空中飞舞，就像是洁白的小精灵一样，等我融化了，春天也就来了。"

而那梅花抖动着身姿，不服气地说："你说得不对！虽然我的颜色不如你晶莹洁白，可是我能够源源不断地散发出沁人心脾的清香，好多好多诗人都喜欢吟诗赞美我迎着风雪绽放的坚强精神，这可是你所没有的呀！"

想到这里，卢钺不禁笑了起来。是啊，梅花和雪花都认为自己占尽了春色，谁都不肯服输。但它们各有各的特色，美得各有韵味，都为这大自然和人们的心灵增添了几分靓丽的色彩。这何尝不是最美的呢？

作者

卢钺，别名卢梅坡，宋朝末年人，其流传下来的诗作不多，两首《雪梅》最为有名。

梅花

梅树，早在三千多年前就已被我国种植，其种类繁多，包括观赏树、果树，等等。梅花是我国十大名花之首，与兰花、竹子、菊花并称为“四君子”，与松、竹并称为“岁寒三友”。在我国传统文化中，梅具有坚强、孤傲、高洁的品德特性，激励人们奋发图强。

写作小技巧

本诗采用拟人手法写梅花与雪花互相竞争的情形，它们互不认输，都认为自己是最具早春特色的。整首诗将早春的梅花与雪花之美别出心裁、生动活泼地表现出来，读来妙趣横生。

卜算子·咏梅

宋·陆游

驿外[①]断桥边，寂寞开无主[②]。已是黄昏独自愁，更着[③]风和雨。

无意苦争春，一任[④]群芳妒。零落成泥碾作尘，只有香如故。

注音注释

① 驿（yì）外：指偏僻的地方。驿，驿站。

② 无主：无人过问和欣赏。

③ 着（zhuó）：同“著”，遭受。

④ 一任：任凭。

原文翻译

驿站之外的断桥边，梅花孤单寂寞地绽放，无人过问和留恋。暮色降临，孤单的梅花非常愁苦，却又遭到风雨摧残。梅花并不想争群芳之冠，对百花的妒忌也毫不在乎。即使凋零了被碾作泥土，它的清香依然跟从前一样。

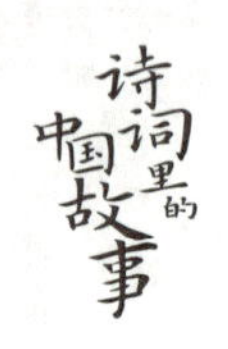

永远保持本心的野梅

郊野的驿站外荒无人烟，一座破败不堪的断桥早已被世人遗忘，几片残雪还散落在地上，更为世界增添了几分荒凉。

在这人迹罕至之处，一丛梅花悄然盛开，她虽然身处荒僻之境，无人栽培、无人关心，但她凭借自己顽强的生命力开出了花朵，那小巧玲珑的花瓣晶莹剔透，看起来十分娇艳可爱。

从日出到黄昏，她独自默默挺立着。尽管早春即将到来，但天气依旧寒冷，天空中下起了凉凉的小雨，风裹挟着寒意打在梅花枝头，她的身体微微抖动着，脸上似乎挂满了委屈的泪滴。

陆游停下脚步，看着这一株孤单的梅花。是啊，她历经磨难，依旧吐露清芬，却无人理睬，尤其到了黄昏时分，更是最难熬的时刻！陆游仿佛在这株梅花的身上看到了自己的影子。

作为一代伟大的爱国诗人，陆游很早就有爱国之志，可他步入仕途后，面对的不仅仅是一部分卖国求荣的投降派，更面对着苟且偏安的帝王。他忍受着接二连三的打击、排挤、贬谪，却无人理会。

陆游无比感慨：梅花选择在这个季节开放，无意于炫耀自己的美貌，不愿意与百花争奇斗艳，可还是摆脱不了百花的嫉妒。只是梅花丝毫不把这些放在心上，即使花落了，被风雨碾成碎片，最终化作尘土消失不见，香气依旧会永远留在人间。

而陆游的内心也十分坚定。他曾因为没钱，停了吃药；因为省灯油，书也没得读，但他依旧忧国忧民，从未改变过自己的志向。他绝对不与争宠邀媚、阿谀逢迎之徒为伍，即使遭遇诋毁和中伤，也要像这株野梅一样，始终保持高洁傲岸的品性！

作者

陆游（1125—1210），字务观，号放翁，南宋文学家、史学家、爱国诗人。他在爱国思想的熏陶下成长，宋高宗时参加礼部考试。进入仕途之后，陆游因为与秦桧不和，一直受到排挤。宋孝宗时，赐陆游进士出身，中年时期又到了四川参军，开启了军旅生涯，最终在家乡度过晚年。

写作小技巧

“已是黄昏独自愁”“无意苦争春”等诗句用了拟人的修辞手法。前半部分写了梅花悲惨的命运，这是在为后半部分做铺垫——虽说梅花凋落被碾成泥土，但香味没有丝毫改变，更能突出主题。

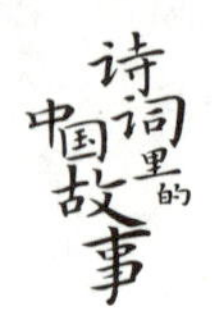

孤桐

宋 · 王安石

天质自森森[①]，孤高几百寻[②]。
凌霄不屈己，得地[③]本虚心。
岁[④]老根弥壮，阳骄叶更阴[⑤]。
明时思解愠，愿斫[⑥]五弦琴。

注音注释

① 森森：形容树木茂密的样子。

② 寻：古代度量单位，八尺为一寻。

③ 得地：得到适合成长的土壤。

④ 岁：年。

⑤ 阴：叶子茂密。

⑥ 斫：用刀斧砍。

原文翻译

梧桐树天生繁密，高达几百米。它直插云霄，是因为根深扎在优良的土壤中。年岁越老，它的根越强壮，阳光越强，它的枝叶越茂盛。在清明盛世也想解决民间疾苦，愿被砍伐制成五弦琴。

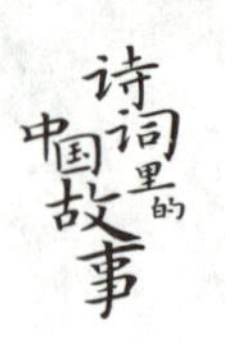

做人愿如孤桐

在众多树木当中，王安石很喜欢梧桐树。梧桐树根深蒂固，树干粗壮无比，纹理清晰可见，笔直的树干直冲云霄，茂密的枝叶向四面八方伸展着，像一把撑开的巨大绿伞，把阳光遮挡得严严实实，不留一点儿缝隙。

狂风呼号，梧桐树毅然决然地挺直腰杆，迎着风微笑着；暴雨倾盆，梧桐树摇动着叶子，为花花草草遮风挡雨。这多么像王安石自己啊！王安石感受到陈旧制度的种种弊端，亲眼所见老百姓生活在水深火热之中，他想要改革，想要变法，想要国家繁荣富强、人民安居乐业！

虽然变法的路上困难重重，保守派摇动着反对的旗帜，就连皇帝也摇摆不定，质疑他的想法。可为了天下苍生的幸福，王安石甘愿付出一切代价，粉身碎骨也在所不惜。就像这梧桐树一样，越是年老，根系越是强壮；越是经历酷暑折磨，叶子反而愈发繁茂。

王安石深知，梧桐之所以岿然屹立，是因为它能从土壤里汲取养分和力量，把自己的根系牢牢扎在大地深处。而任何英雄豪杰都是从群众中产生的，只有从百姓的切身利益出发，得到百姓的力量与支持，变法才是有意义的。

王安石看着这棵高耸入云的梧桐树，心中更加坚定了变法的念头。若自己是这棵梧桐，假使牺牲自己能够换来太平盛世，被砍下做成五弦琴他也心甘情愿啊！

作者

王安石（1021—1086），字介甫，号半山，谥号“文”，封荆国公。北宋著名的政治家、思想家、文学家、改革家，“唐宋八大家”之一，曾发起著名的“王安石变法”。

梧桐

梧桐属于落叶乔木，具有较强的生长力，同时还可以抵抗多种有毒气体，其叶、花、根、种子具有清热、健脾的作用，可以入药。梧桐木可制成乐器，种子可作为一种菜肴，也可以榨油。在古代诗歌中，梧桐常象征脱俗、高贵的品质。

写作小技巧

诗中写梧桐树年岁越老根越壮实，阳光越强枝叶越茂盛，用环境来衬托出梧桐不屈不挠、奋力生长的精神状态。若是想突出植物的品质，不妨把它恶劣的生长环境，或者把它凄惨的遭遇描述得更深刻一些。

梅花

宋 · 王安石

墙角数枝梅，凌寒①独自开。
遥知不是雪，为②有暗香③来。

注音注释

① 凌寒：冒着严寒。

② 为（wèi）：因为。

③ 暗香：梅花清幽的香气。

原文翻译

墙角有几枝梅花，正冒着严寒独自盛开。远远就知道这洁白的梅花不是雪，因为有梅花的幽香传来。

墙角数枝梅

王安石自幼勤奋好学，曾游历南北，看到百姓的痛苦生活，便立下了改变社会的远大志向。当上宰相后，王安石一心想要改变颓败风气，便开始主持变法，推动政治、经济等多方面的改革。

本以为可以实现宏图壮志，但以司马光为首的保守派强烈反对推行新法，皇帝的立场也摇摆不定。最终，王安石被罢相，离开了朝廷。可第二年，皇帝又将王安石召回，但是王安石复相后得不到更多支持，加上变法派内部分裂严重，新法很难继续推行下去，王安石再次被罢相，他只好放弃改革退居钟山。

离开了险恶的政治旋涡后，王安石的心情暂时获得了平静。但他为国为民的志向无法得到施展，内心非常孤独。

一年冬天，天空中飘落片片雪花，王安石感到心中有些压抑，便走出家门，漫无目的地散着步。突然，他嗅到了阵阵沁人心脾的清香，便循着香味走过去，发现了在不起眼的角落里数枝梅花正在绽放。

梅花那高而细的枝干坚强挺立，丝毫没有受到风雪的影响。就在这漫天遍野的雪中，就在这万物的哀叹声中，就在这雪地中傲然挺立着，那洁白的花瓣仿佛与雪花融为一体，若不是那淡淡的香气，还真有些分不清楚。

王安石心中微微一动，梅花没有月季的艳丽，没有牡丹的大红大紫，但是它在寒冬里独自挺立、傲霜斗雪，不怕天寒地冻，不畏冰袭雪侵，那刚毅的精神和崇高的品格能轻易打动人心，正如此时此刻的自己啊！

写作小技巧

本诗表面写梅花，实则托物言志，以梅花的坚强和高洁品格喻示那些处于艰难环境中依然能坚持操守、主张正义的人。“暗香”是梅花区别于雪花的特点，作者详细刻画出来，让读者一眼就能够记住。

咏荔枝

明 · 丘濬

世间珍果更无加，玉雪肌肤罩绛纱①。
一种天然好滋味，可怜生处是天涯。

注音注释

① 绛纱：红色的纱。

原文翻译

荔枝是世间珍贵的果实，宛若玉和雪般晶莹的肌肤上罩着红色的薄纱。它天生就有美好的滋味，可惜生长在海角天涯。

荔枝故乡情

丘濬最喜欢荔枝了。

荔枝成熟后挂在树上，远远看上去，就像一盏盏小小的灯笼，把树枝压弯了腰。剥开红色的外衣，荔枝的果肉被一层淡淡的薄膜紧紧包裹着，小心地撕开薄膜，里面甘甜的汁水瞬间就流了出来。果肉晶莹剔透，就像用玉雕琢一般，又像一颗熠熠生辉的夜明珠。慢慢咬下去，嘴唇和舌头上沾满了甜甜的汁水，嘴里香甜爽滑，令人回味无穷。

荔枝是一种多么神奇的水果啊！难怪杨贵妃对它念念不忘。荔枝在唐代有“百果之王”的美誉，集三千宠爱于一身的杨贵妃，特别喜欢吃荔枝，所以朝廷每年都安排岭南地区进贡上好的荔枝供她享用。可是，从岭南到长安的路程特别遥远，即使是靠驿卒快马传递，不间断地换人换马，也需要大约 10 天的时间。为保持荔枝的新鲜度，运送荔枝

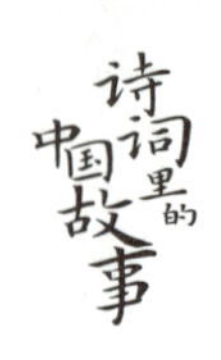

的官员们都非常紧张，骏马飞速奔驰，路旁坑谷里摔死了无数人马，真是令人可悲可叹！

虽然这样的做法对那些老百姓和驿卒非常残忍，但也从中可见荔枝对人们的吸引力。丘濬生活在海南，从小就胸怀大志，一路春风得意，从一介书生做到朝廷的高级官员，对于家乡的荔枝感到无比骄傲和自豪。正是因为它生长在得天独厚的海之角、天之涯，才有如此无与伦比的天然美质，才会如此受人们的喜爱和青睐。

荔枝对丘濬来说，不仅是一种水果、一种美味，更是承载着家乡的记忆，承载着对海南故土无以复加的厚爱与眷恋啊！

作者

丘濬（1418—1495），字仲深，号深庵、玉峰，今海口市琼山区人，明代著名政治家、理学家、史学家、经济学家和文学家，是“海南四大才子”之一。他博学多才，勤奋努力，即使晚年右眼失明，也没有停止阅读。丘濬在政治、文学、经济、医学等多个方面都颇有研究，编写了多部著作，同海瑞合称为“海南双璧”。

荔枝

荔枝，一种南方水果。性温，可止呃逆和腹泻，同时可健脾益胃、增加食欲。荔枝果皮遍布鳞斑状突起，成熟之后为鲜红色。其果肉为半透明凝脂状，味道香甜可口，与香蕉、菠萝、龙眼并称“南国四大果品”。

写作小技巧

“玉雪肌肤罩绛纱”一句，把荔枝的外壳比作绛纱，把果肉比作肌肤，生动形象地刻画出荔枝的美丽和诱人。描写水果、蔬菜的时候，适当使用比喻和拟人手法，可使描写对象更加鲜活。

苔

清 · 袁枚

白日①不到处，青春②恰自来。
苔花如米小，也③学牡丹开。

注音注释

① 白日：太阳。

② 青春：指苔藓展现出生机勃勃的绿意。

③ 也：一作“亦”。

原文翻译

在太阳照不到的地方，苔仍旧能长出浓浓的绿意来。苔的花朵虽如米粒般微小，却也像牡丹一样热烈绽放。

不起眼的绿意

灿烂的阳光照射在大地上，带来几分暖意。在茂盛的森林中，密

密麻麻的枝干上长满了碧绿的树叶，它们深深浅浅、层层叠叠，不留一丝缝隙，宛若一把巨大的翡翠伞，将太阳光遮挡在外。

草木喜欢阳光，它们得到了阳光的照拂，才能够向着天空茁壮生长。而在太阳照不到的背阴处，在无人关注的潮湿角落，却也萌发出一点又一点的绿意来。

那是苔藓小小的身影，它不及花朵那么鲜艳，也不及树叶那么浓绿。它们只是薄薄地覆盖在湿润的泥土上，顶部开出一朵朵不起眼的小花，小花还没有米粒大，但仍旧倔强地开放着。

袁枚走过去，仔细观察着这一丛苔藓。上天可真是不公平，给了苔藓如此恶劣的生长环境，这里没有阳光，既阴暗又潮湿，更没有人欣赏和关注。但苔藓依旧努力生长，拼尽全力开出小花，像牡丹一样，热烈释放出属于自己的精彩。

袁枚心中生出无限感慨：人生又何尝不是如此呢？无论身处怎样的环境，无论自身是渺小还是伟大，都应该努力奋斗，体现自己的价值，向着自己的理想奋进，努力向世界展现自信的美丽，成为一道亮丽的风景线。

想到这里，袁枚不禁对这不起眼的苔藓生出几分敬意来。

作者

袁枚(1716—1798)，字子才，号简斋，晚年自号仓山居士、随园主人，清代诗人、散文家。乾隆四年(1739)高中进士，曾经担任过溧水、江宁等地的知县，做出了一番政绩。不过，袁枚在四十岁时就离开了官场。

苔

苔藓植物的结构比较简单，只有茎和叶两个部分。它喜欢生长在阴暗潮湿的地方，比如森林、沼泽地和裸露的石壁上。

写作小技巧

作者在选材方面别具心裁，挑选了虽不起眼但是顽强拼搏的苔藓。作文选材也非常重要，看似最容易写的题材别人往往也会关注，因此并不容易写出特色。只有善于观察、善于发现，才能选出新颖且丰富的题材。

辑四

好雨知时节，当春乃发生

春夜喜雨

唐 · 杜甫

好雨知时节，当春乃发生①。
随风潜②入夜，润物细无声。
野径③云俱黑，江船火独明。
晓看红湿处④，花重⑤锦官城⑥。

注音注释

① 发生：指万物萌发生长。

② 潜（qián）：悄悄地。

③ 野径：田间小路。

④ 红湿处：被雨水打湿的花丛。

⑤ 花重（zhòng）：花朵因被雨水沾湿而变重。

⑥ 锦官城：成都的别称。

原文翻译

好雨知道合适降落的时机，在万物萌发生长的时候来临。它随着春风潜入无边深夜，无声地滋润着万物。乡间小路昏暗无光，只有江船上的灯火显得明亮。天刚亮时，看着那雨水润湿的红花，成都大街小巷繁花似锦。

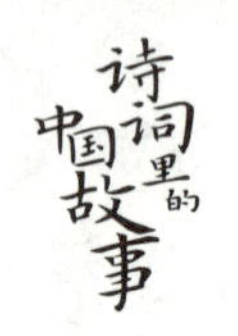

润物细无声

一番颠沛流离后，杜甫终于来到成都。不知不觉，他已经在成都草堂定居一段时间。他在田间地头耕作，时常与农民交流、聊天，当然也十分喜爱大自然中的花草树木、雨雪风霜。

这天夜里，杜甫闻到一股湿润的气息，原来，外面下起了绵绵春雨。杜甫十分欣喜，心想：这雨真是好！春天一到，万物萌发生长，正需要雨水的滋润，这雨怎么就像听到了草木的心声一般悄然降临？

杜甫走到院子里，感受着徐徐微风与蒙蒙细雨，雨密密、静静地从空中垂落，像是无数蚕娘吐出的银丝荡漾在半空中。那雨丝湿润中含着热情，温馨中透着细腻，细腻中荡着温柔，默默地将爱奉献给大地上的一切。

在不太阴沉的夜间，山间小路黑漆漆的，江面上一片黑暗，只有船上的灯火闪烁着忽明忽暗的光，朦朦胧胧的，让人感受到了诗情画意。

杜甫静静地欣赏着这及时的春雨，脑海中不禁想象起了雨后的情景——第二天早晨醒来，锦官城定会呈现出一派迷人的景象！如此“好雨”下一夜，最能代表春色的花也绚烂绽放，整个锦官城都将是耀眼的繁花，万紫千红汇成花的海洋，令人目不暇接、心旷神怡。

杜甫心中发出无限感慨：春雨贵如油，自己是多么热爱这及时的春雨，爱这不声不响滋润万物的春雨，爱这默默奉献的春雨啊！

锦官城

在三国蜀汉时期，因成都的蜀锦很是出名，成为蜀汉政权的重要财政收入来源，蜀汉王朝便设锦官和建立锦官城以保护蜀锦生产，锦官城的称呼由此产生。因此，后世也常以“锦城”和“锦官城”作为成都的别称。

成都为何多雨？

首先，成都位于四川盆地中，空气含水量较高；其次，在盆地地形的影响下，暖湿气流容易被抬升，形成较多的云；最后，加上昼夜温度的变化……这一系列因素就导致成都容易下夜雨。

写作小技巧

开头把雨拟人化，其中“知”字用得传神：春天万物需要雨，雨就下起来了。“随风潜入夜，润物细无声”仍然是拟人手法，表明那雨是伴随和风而来的细雨，而且是有意“润物”。

咏山泉

唐·储光羲

山中有流水，借问[1]不知名。
映地为天色，飞空[2]作雨声。
转来深涧满，分出小池平。
恬澹[3]无人见，年年长自清。

注音注释

① 借问：询问。

② 飞空：飞到空中。

③ 恬澹：指宁静淡泊。

原文翻译

山中有股泉水，向别人询问它的名字，无人知晓。天空倒映在水中，水天一色，泉水飞流直下，声音如同雨声一般。泉水流入深涧，注满了小池。宁静淡泊的泉水没有人看见，每年都是那么清澈。

无言的山泉

储光羲在山间小路上漫步，他欣赏着周围山峰连绵、草木繁茂的景象，心情感到十分愉悦。突然，他听到忽高忽低、时断时续的流水声，循着声音走过去，不禁惊呼：原来是一股山泉！

清澈的泉水从岩缝间汩汩涌出，汇成一道小溪流，从乱石丛中穿过，向远方奔流而去。天空倒映在泉水上，水天一色，宛若晶莹的蓝宝石一般。泉水底部涌出大大小小亮晶晶的珠泡，像是剔透的珍珠，却又瞬间消失不见。

清冽澄碧的泉水仿佛不知疲倦一样奔跑着，又从山崖上跌落，霎时喷雪溅玉、声若雷鸣，仿佛勇敢地唱着一支激情昂扬的歌曲。随着潺潺不绝的流水声，山泉不知不觉涨满了山涧，分支汇聚成了清澈见底的小池塘。泉水滋润的地方芳草萋萋，几株野花安静地开放着，散发出淡淡的幽香，别有一番意境。

储光羲十分好奇，便询问路过的人："这山泉叫什么名字呀？"而路人只是挥挥手笑着说："谁知道呢？平时很少有人过来，更没有人关注，谁还会给它起名字呢？"

储光羲十分感慨：在静寂的深山里，清泉日复一日、年复一年，用清澈的灵气滋养着山间的万物。虽然这股澄澈与灵动不被人关注，但它还是始终保持恬淡自然、飘逸脱俗的高洁境界，这是一件多么不容易的事啊！做人也当如这山泉，无论身处怎样的环境中，都能够保持内心的纯净和品格的高洁！

作者

储光羲（约706—约763），唐代官员，田园山水诗派代表诗人之一。开元十四年（726）参加科举考试，并高中进士，但仕途并不如意，选择隐居后又回到官场。安史之乱发生后，他被贬谪至岭南。储光羲一生创作了多首诗歌，写作题材主要是农家生活、田园风光等，用自然、生动、朴素的语言和风格阐述了个人情怀与高洁品质。

写作小技巧

“映地为天色，飞空作雨声”一句是写景佳句，用了比喻的修辞手法，写出山泉把蔚蓝的天宇尽映水底，飞泻于山下又如春雨般泼洒，将景象描写得十分壮观。

猪肉颂

宋 · 苏轼

净洗铛[①]，少著水，柴头[②]罨[③]烟焰不起。待他自熟莫催他，火候足时他自美。

黄州好猪肉，价贱如泥土。贵者不肯吃，贫者不解煮。早晨起来打两碗，饱得自家君莫管。

注音注释

① 铛：锅。

② 柴头：用作燃料的柴火。

③ 罨（yǎn）：掩盖。

原文翻译

洗干净锅，放一点水，点上柴火，用不冒火苗的火炖肉。不要催促，等它自己慢慢熟，火候到了，它自然会滋味很好。

黄州猪肉优良，价格却低得似泥土一般。富人不肯吃，穷人又不会烹煮。我早上起来打上两碗吃饱，您莫要理会。

诗词故事

美食博主苏轼与东坡肉

1077 年，苏轼在徐州做官，当地遇到洪灾，整座城岌岌可危。苏轼冲在一线筑堤保城，经过七十多个昼夜的艰苦奋战，终于守护住了百姓们的安全。洪灾过后，百姓们非常感谢他，便纷纷杀猪送给这位与他们同呼吸、共命运的好官。

苏轼实在推辞不掉如此多的猪肉，便开动脑筋，把半肥半瘦的猪肉切成四厘米左右的方块，加入配料精心焖制，做出的猪肉块红而透亮、色如玛瑙，咬一口软而不烂、肥而不腻，真是酥香味美！苏轼把猪肉回赠给百姓们，大家品尝后无不称奇。

1080 年，苏轼被贬到黄州，他在一块叫“东坡”的山间坡地上亲自开荒种地，自称“东坡居士”。在黄州期间，他发现当地的猪肉特别便宜，便总结了烹饪猪肉的经验，由此写下了这首词。

在现实社会中，许多人都心浮气躁、好大喜功，热衷于追求功名利禄，却忽视了享受生活之美的过程。像猪肉这司空见惯的食物，人们并不觉得里边有什么奥秘可寻。其实，真善美就在我们每日每时的生活当中，发现美、创造美，乃是我们需要用一生来践行的功课！

作者

苏轼（1037—1101），字子瞻、和仲，号铁冠道人、东坡居士，世称苏东坡、苏仙，北宋著名文学家、书法家、画家。苏轼在诗、词、散文、书、画等方面都取得了很高的成就。

东坡肉为何要用棉线捆绑?

正宗的东坡肉在烹饪的过程中都会用席草或棉线捆绑，因为这样可以固定肉块，使其在长期炖煮的过程中也能保持肥瘦相连、不烂的状态。这种方式做出来的红烧肉更加香糯，且不油腻。

写作小技巧

苏轼的《猪肉颂》看似滑稽，实际上在幽默中蕴含了严肃的大道理。而许多人生道理，都是从日常生活的小事中被发现、挖掘、总结出来的。勤学、多思，方能提升作文主题的深度。

石灰吟

明 · 于谦

千锤万凿[①]出深山，烈火焚烧若等闲[②]。
粉骨碎身浑[③]不怕，要留清白[④]在人间。

注音注释

① 千锤万凿：反复锤打开凿。千、万，虚词，形容次数之多。

② 若等闲：好像很平常、很轻松的事情。

③ 浑：全。

④ 清白：此处指石灰洁白的本色，又比喻高尚的节操。

原文翻译

石灰石是在深山中经过千磨万击之后才得到的，烈火焚烧对于它来说是最日常不过的事。即使粉身碎骨也毫不畏惧，只要能够在人间留下高尚的气节。

恪守内心清白

一天，于谦路过一座石灰窑，正逢师傅煅烧石灰，他便驻足观看。

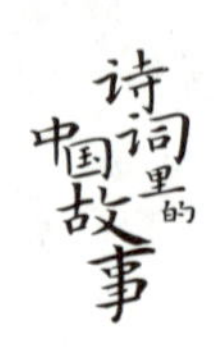

只见那石灰窑旁堆满了青黑色的山石，它们都来自深山老林，工人们千锤万凿，它们才四分五裂，离开熟悉的环境来到这里，静静地等待着被输送到窑中接受崭新的考验。

烈火熊熊燃烧起来，火焰像疯狂的魔鬼一般张牙舞爪，又像可怕的毒蛇一样吞吐着红色的芯子，紧紧包裹着每一块山石。经过烈火焚烧以及几道工序加工之后，山石都变成了白色的石灰，被运送到四面八方，开启一段新的征程。

在于谦眼中，这些山石仿佛活了起来，它们忍受着身体上被开凿的疼痛，又在熊熊烈火中煅烧这么长时间，却始终保持安然自若的姿态，从来没有抱怨过。即使粉身碎骨了，也要将清白留在这人世间。人，何尝不应该如此呢？

于谦在一生中始终恪守着石灰般的品格。他为官廉洁正直，平反冤狱、救灾赈荒，深受老百姓爱戴。他还曾亲自率兵击退入侵的敌兵，让人民免遭屠戮。他就像石灰一样，无论面对怎样的严峻考验，都从容不迫、视若等闲、不怕牺牲，保持纯洁清白的品格。

于谦性格刚强，看不起那些懦弱的大臣和皇亲国戚，遇到不痛快的事，他总会拍着胸脯感慨说：“这一腔热血，不知道会洒在哪里？”只是，如此清白正直的人，难免会遭到小人的嫉恨和陷害，最终，明英宗以“谋逆”罪诬杀了这位民族英雄。

然而，于谦为官处事如石灰般高尚的品格，同这首《石灰吟》一起被后人载入史册、代代相传，永远不曾磨灭。

作者

于谦（1398—1457），字廷益，号节庵，曾经担任少保一职，被世人称为“于少保”，与岳飞、张煌言并称“西湖三杰”。天顺元年（1457）因“谋逆”罪被冤杀。

石灰

石灰是通过高温煅烧石灰石、贝壳等碳酸钙含量较高物质得到的产物。生石灰的主要成分为氧化钙，与水混合或者受潮之后会变成熟石灰。熟石灰的主要成分为氢氧化钙，可以进一步加工为石灰浆、石灰膏、石灰砂浆等，是目前比较常见的涂装材料和砖瓦黏合剂。

写作小技巧

本诗运用托物言志的手法将石灰石写得“活”了起来。“若等闲”把石灰石赋予人的情态，象征着志士仁人无论面临着怎样严峻的考验都从容不迫；“粉骨碎身”又展现了不怕牺牲的精神；最后一句立志要做纯洁清白的人，有力地升华了主题。

咏煤炭

明 · 于谦

凿开混沌[1]得乌金[2]，藏蓄阳和[3]意最深。
爝火[4]燃回春浩浩，洪炉[5]照破夜沉沉。
鼎彝[6]元[7]赖生成力[8]，铁石犹存死后心。
但愿苍生俱饱暖，不辞辛苦出山林。

注音注释

① **混沌（dùn）**：古代指盘古开天辟地前的原始状态。这里指未开发的煤矿。

② **乌金**：黑而有光泽的煤炭。

③ **阳和**：阳光和暖。此处指煤炭燃烧能产生热。

④ **爝（jué）火**：小火，火把。

⑤ **洪炉**：巨大的火炉。

⑥ **鼎彝（yí）**：泛指各种饮食用具。

⑦ **元**：通“原”，本来。

⑧ **生成力**：煤炭燃烧时生成的热量。

原文翻译

凿开混沌的地层，就得到了煤炭，它蕴藏无尽热力，最为深情。小火苗犹如浩浩春风般温暖，熊熊烈焰则照破漆黑的夜空。钟鼎彝器的制作全靠煤炭的洪荒之力，铁石死后仍然保留忠心。它只是希望老百姓吃饱穿暖，不辞辛劳艰难走出那深山老林。

不辞辛苦出山林

一名名工人正顶着烈日，热火朝天地忙碌着。

他们挥汗如雨，不停地挖掘着山上的泥土，一块块黑色的煤炭重见天日，人们惊喜地叫了起来。煤炭埋藏在地层深处千千万万年，积蓄了无数能量，身上闪烁着乌黑的光泽，只待此时此刻被人们发现，重新见到和煦的阳光。

煤炭被开采出来之后，就会被运送到各个地方，完成它们的使命。灰暗的夜空充满光明，火焰燃起来了！就像浩浩的春风一样，给世间带来无限的希望。是啊，祭拜祖先的器具全靠燃烧煤炭才能制成，在国家发展的各个领域，也都离不开这小小的煤炭！

一块煤炭可以在地下埋没万年，也可以在烈火中迸发出炽热的生命之光，为寒冷的人们带来光明和温暖。而燃烧过后，煤炭的使命也悄然完成，它们也许就会被遗忘在某个角落，永远不再被人记起。可煤

炭为了老百姓吃饱穿暖，不怕辛苦、不畏牺牲，走出偏僻的山林，只为把自己的生命默默奉献给人世间，这种精神是多么宝贵啊！于谦不禁想到了杜甫的一句诗——安得广厦千万间，大庇天下寒士俱欢颜！这何尝不是于谦做官的志向和理想呢？

于谦在少年时便志向高远、勤奋好学，在写下这首诗的时候，他一定想到了自己坚定的初心。于谦一生简朴，可他始终胸怀为国为民造福之心，为老百姓办了许多好事、实事，却从来没有提及自己的功劳。他也曾面临着无数困难和挑战，但从来没有放弃舍身为国、为民效力的情怀。

于谦十分仰慕文天祥的气节，可以说，文天祥就是他的偶像。而这不辞辛苦、无私奉献的煤炭是于谦一生的写照，于谦本人又何尝不是世人崇拜的偶像呢？

鼎彝

最开始是用来吃饭喝酒的餐具，鼎是炊具，彝是酒器，后来指帝王宗庙祭器，上面篆刻着关于表彰有功人物的文字。

煤炭

煤炭是数亿万年前的植物残骸经过地壳运动之后形成的碳化化石矿

物，主要被人类开采用作燃料。我国拥有丰富的煤炭资源，是世界上已知最早利用煤炭的国家之一。

写作小技巧

“意最深”“死后心”“不辞辛苦”等词语用了拟人的修辞手法，把煤炭牺牲自己、无私奉献的精神刻画得淋漓尽致。

咏瀑布

清 · 冯云山

穿天透地不辞劳，到底方知出处高。

溪涧焉[①]能留得住，终须大海作波涛[②]。

注音注释

① 焉：哪。

② 作波涛：掀起波浪。

原文翻译

从天空中降落到地面不辞辛劳，到底知道是从高处飞流而下。溪涧怎么能留得住呢？最后汇入大海化作滚滚波涛。

瀑布的壮志豪情

唐宣宗李忱即位之前，曾经遁迹山林为僧。有一天，他与禅师一同徜徉在山间小路上，远远听闻雷鸣般的流水声，走近观看，只见从高

崖上飞下一匹巨大的“白练”，湍急的水流发出隆隆的声音，仿佛千万头猛虎翻腾咆哮。倾泻下来的水花击打在岩石上，化作点点飞溅的玉珠，弥散在空气中，像一团团云雾飘飘洒洒。

禅师微笑着说：“前几天，我观看这瀑布，吟诵出一联诗，可后面怎么都接不上了，不知你可有办法？”说完，他便慢慢吟诵道，“千岩万壑不辞劳，远看方知出处高。”

李忱思考片刻，朗朗上口的诗句便脱口而出：“溪涧岂能留得住，终归大海作波涛。”听了这句诗，禅师能够感受到李忱不甘寂寞、思有作为的情怀，不禁连连点赞。果然，李忱后来成了皇帝。

到了清朝末年，统治阶级腐朽，社会极度黑暗，普通老百姓的生活十分辛苦。农民起义领袖冯云山是个雄心勃勃的人，他很想推翻清王朝的统治，改变那时混乱的状况。在观看瀑布的时候，冯云山不禁想到这组联句，仅改动几个字，境界则大不相同：“穿天透地不辞劳，到底方知出处高。”

这瀑布从高高的悬崖上倾泻而下，穿透了天空和地面，这一壮举要冒无数风险、付出无数艰辛，而只有跌落潭底后，人们才能觉察到，瀑布的落差是那样惊人，出处是那样高峻。就像《孟子》中所说：“天将降大任于是人也，必先苦其心志，劳其筋骨，饿其体肤，空乏其身，行拂乱其所为，所以动心忍性，曾益其所不能。”胸怀非凡的气魄和志向，怎会怕前行道路上的艰难险阻呢？

这山中溪涧千回百转，瀑布形成众多支流，永不停止前行的脚步，奔流不停地汇入大江大河，最终拥抱浩瀚的大海。冯云山感慨万分，脱口而出："溪涧焉能留得住，终须大海作波涛！"

是啊，这细微的水流多像是平凡的人民群众，只有凝聚无数人的力量，起义军才能汇合成波涛汹涌的大海，迸发出摧毁腐朽封建王朝的强大动能！

作者

冯云山（约 1815—1852），又名乙龙，号绍光。他从小就喜欢看地理、天文、经史方面的书籍，参加过科举考试，后来在村里办了私塾。再后来，他参与了太平天国运动，成为重要领袖之一，担任南王、七千岁等职。

太平天国运动

1851—1864 年，为了反对清朝封建统治和外国资本主义的侵略，洪秀全、冯云山、杨秀清等人在广西金田村发起了农民起义运动。1864 时，太平天国都城天京（今南京市）陷落，标志着这一运动的失败。此次运动严重动摇了清朝统治，打击了外国侵略者，对中国近代历史产生了深远影响。

写作小技巧

“不辞劳”“留得住”用了拟人的修辞手法，把自然景物赋予人的情态，写出了作者自己的壮志豪情。此外，在写作中，“河流入海”这个常见的意象，往往象征着大道理，比如点滴能量汇聚为大爱、要有明确的目标、坚持不懈才能成功等。